無実の君が裁かれる理由

友井 羊

祥伝社文庫

目次

第一話　無意識は別の顔

1

中庭の銀杏《いちょう》の葉が、かすかに色を変えつつあった。講義の合間の休み時間、大学構内には教室移動する学生が行き交《か》っている。次の講義に遅れないよう急いでいた牟田幸司《むたこうじ》は、背後から名前を呼ばれた。

「あんたが牟田よね」

振り返ると、見知らぬ男女が立っていた。

「何ですか？」

茶色のロングヘアの女性がこちらをにらんでいる。隣に立つ男性は背が高く、腕を組みながら眉間《みけん》に皺《しわ》を寄せていた。女性の顔と耳に光る銀のピアスに見覚えがあるものの、どこで会ったのかまでは思い出せない。男性に関しては全く記憶になかった。

「これ以上、亜梨朱《ありす》につきまとわないで」

女性の言うことは全く理解ができないけれど、亜梨朱という名前は知っていた。

「亜梨朱って、鈴木《すずき》さんのことかな。あれ、君はよく一緒にいるよね」

銀のピアスを光らせた女性は、亜梨朱といつも行動を共にしていた気がする。すると隣にいた男性が進み出た。

「ストーカーのくせにとぼけてんじゃねえよ。全部わかってるんだよ」

「えっ、何が？」

つきまといやストーカーとは話題が物騒だ。一歩前に出ると、女性が身体《からだ》を引いた。長身の男性が牟田の前に立ち塞《ふさ》がる。

そこで予鈴《よれい》が鳴り、牟田は焦《あせ》る。次の講義は一秒の遅刻でも欠席にされ、しかも必修科目なのだ。

「時間がないから後で話をさせて」

「逃げる気？」

女性の声を無視して走り出す。廊下を駆けながら二人組に絡《から》まれた理由を考えるけれど、心当たりは一切《いっさい》ない。ドアを開けた瞬間に本鈴が鳴り終わり、教授はすでに教壇に立っていた。欠席扱いになることに落胆しつつ、講義だけ受けることにした。

息を切らしながら席に座ると、教室の窓から十月の薄雲が見えた。季節外《はず》れの猛暑が続いていたが気温は一気に下がり、日を追うごとに秋が深まっている。

二人組のことは謎だったが、牟田は気にしないことにした。教授の話に耳を傾ける。中庭の木が風に揺れ、秋空に薄い雲がかかっていた。

パスタの皿からオリーブオイルとニンニク、そしてたくさんのキノコの香りが複雑に絡み合いながら漂《ただよ》ってくる。厨房《ちゆうぼう》の主である祁答院依子《けどういんよりこ》がイタリアンパセリで彩《いろど》りを添え、カウンターに皿を置いた。牟田は料理を待ち侘《わ》びる客のテーブルにパスタを運んだ。

「お待たせしました。秋のキノコのペペロンチーノです」

牟田が配膳を終えると、他の客から声をかけられた。ドリンクの注文を受け、赤のグラスワインを用意する。祁答院がシーザーサラダとチーズリゾットを仕上げたので、トレイに載《の》せて客席に向かう。

牟田は大学進学を機に一人暮らしをはじめ、アパートの近くにあったタヴェルナ・イルソーレというイタリアンレストランでウェイターのアルバイトをしていた。イタリアの片《かた》田舎《いなか》の食堂を意識したテーブルとカウンター合わせて十五席ほどの小さな店で、タヴェルナはイタリア語で食堂、イルソーレは太陽を意味している。

店主兼シェフの祁答院の料理は美味《おい》しいと評判で、駅から距離のある商店街の外れに店を構えているのに、ランチもディナーも客が途切れない人気店だ。祁答院とホールスタッフの二人体制で店を回すことが多く、牟田はディナータイムに週三から週四のシフトで働いている。

閉店時刻の夜十時の十分前、最後の客が会計を済ませて店を出た。

「今日もお疲れさま。ところで悩《ど》みでもある？」

祁答院がコック帽を取り、髪留めを外すと、まとめた長髪がさらりと落ちた。まだ二十代後半だが高校在学中からアルバイト先で料理を学び、いくつかの修業先を経《へ》てタヴェルナ・イルソーレの店主として独立したという。

「どうしてですか？」

「ミスはなかったけど、集中できてなかったから。この前みたいに眼鏡《めがね》を壊《こわ》さないでね」

祁答院が意地悪そうに笑う。彫りの深い顔立ちで、身長は百七十センチの牟田とあまり変わらない。

「あの件は忘れてください」

牟田は無意識に眼鏡を指で触《さわ》る。買い直したばかりの青色のセルフレームの表面は滑《なめ》らかだ。

数日前、牟田は仕事中にホールで転倒した。その際に眼鏡が落下し、さらに自ら踏んでしまって、フレームが真っ二つになったのだ。他店で食べたパスタを絶賛した直後の出来事だったので、祁答院からは天罰だと言われた。

視力が悪いため、眼鏡がないと仕事はできない。腹を抱《かか》えて笑う祁答院の許可を得て、タヴェルナ・イルソーレから徒歩三分の自宅に戻ってスペアの眼鏡に替えてきた。そのせいで十分弱、祁答院一人でホールの対応をしてもらったのである。

牟田はテーブルを拭《ふ》きながらため息をつく。集中できないのには理由があった。

「実はストーカーに間違えられたんです」

「どういうこと？」

祁答院が食器を洗いながら興味深そうに目を輝かせる。昼間に妙な二人組から絡まれたあと、一日の講義を終えた牟田は大学を出てアルバイトに向かった。すると移動の途中でスマホにほどほどに仲の良い友人から『鈴木亜梨朱にストーカーをしてるってマジ？』とメッセージが届いたのだ。

亜梨朱は牟田と同じ大学に通う文学部の二年生だ。法学部の牟田とほとんど講義は重ならないが、ひとコマだけ一般教養が同じだった。大きな瞳が印象的な可愛《かわい》い顔立ちの女子学生で、男子学生の間で話題に挙《あ》がるため牟田も記憶に残っていたのだ。

「しかも他の友達からも同じ質問が届いたんです。当然どちらも否定しましたけど、噂《うわさ》が広まっていると考えると気が滅入《めい》ってきて」

牟田が紙ナプキンを補充すると、祁答院は洗い物を続けながら口を開いた。

「無実の罪ってやつだね。そういえば冤罪《えんざい》の研究をしている知り合いがいるよ。牟田くんの大学の心理学科の四年生で、店の常連だから顔はわかるはず。ワイン片手に料理をゆっくり食べてる焦《こ》げ茶色の癖毛《くせつけ》の子だよ」

牟田の脳裏《のうり》に、カウンターで店長と親しげに会話する女性の姿が思い浮かぶ。整った顔立ちだったはずだが、記憶はぼんやりしていた。ただし実際に顔を合わせればすぐにわかるはずだ。

「心遣《こころづか》いは嬉《うれ》しいですが、やってないので大丈夫ですよ」

閉店作業を終え、牟田は先に店を出る。商店街の外れを酔っ払いが歩いていた。明るい通りから数十メートル離れるだけで、辺《あた》りは薄暗くなった。

前方を女性が歩いている。民家とブロック塀《べい》の続く道には他に誰もいない。牟田のほうが歩行スピードが速いようで、自然と女性との距離が近づいていく。すると突然、女性が駆け出した。ヒールがアスファルトに当たる音が響き、視界から女性の姿は瞬《また》く間に消えていった。

早朝の空気は清々《すがすが》しいが少し肌寒さを感じた。牟田は貴重な休日を費《つい》やし、単位取得のため犯罪者の更生保護活動に関わるボランティアをすることになっていた。

公民館はコンクリートの二階建てで、築年数が古いのか外壁に汚れ染みが沈着している。あくびをしながら敷地に入ると、知り合いの姿を発見した。

「おはよう」

たまに言葉を交わす法学部の同級生の女子だ。牟田の声に振り向くと目を丸くした。

「えっと、おはよう」

女子は顔を逸《そ》らし、足早に遠ざかる。胸騒ぎを覚えながら集合場所である正面玄関前に向かう。すると一般参加者らしい二十人と、同じくらいの人数の大学生が集まっていた。

牟田の知り合いもいたけれど、話しかけるため近づくと距離を取られてしまった。

不安を抱《いだ》いていると、主催者らしい女性が集合をかけた。手慣れた様子で仕事の内容を説明しながら班分けを進めていく。牟田は知り合いの誰とも同じ班にならず、室内作業に回された。会議室のテーブルには段ボールが積み上がっていた。

「箱には寄付された衣類が入っています。新古品や中古品など様々で、少年院や刑務所を出た人に寄贈されます。皆さんには衣類の状態のチェックと仕分けをお願いします」

サブリーダーが仕事の説明をした後、班の面々が挨拶《あいさつ》をしていく。フリーターや会社員、初老の主婦などが自己紹介するなか、二十代半《なか》ばくらいの男性が面倒そうに舌打ちしてから言った。

「丘嶋《おかじま》っす」

目つきが鋭い丘嶋という青年は、牟田と似た青色の眼鏡をかけていた。有名チェーンの量産品だから同じ物かもしれない。すると主婦が興味深そうに椅子から身を乗り出した。

「丘嶋造園の息子さんかしら。本当にボランティアをしているのね」

「だからなんなんだよ」

丘嶋の強い語気に主婦が身を縮ませた。険悪な空気のなかで牟田が氏名と大学名を告げると、丘嶋がなぜか目を大きく見開いた。

サブリーダーの号令に従って段ボールの中身を仕分けする。染《し》みだらけのシャツなど、着られないほど汚れた服はゴミ袋に入れる。中古だが清潔な衣服や未使用の肌着を、種類やサイズで分類して再度段ボールに詰めた。

一同が無言で作業に没頭していると、途中でサブリーダーが部屋を出て行く。見計らったように先ほどの主婦が話しかけてきた。

「何だか単純で飽《あ》きちゃうわね。それにちょっと気乗りしないわ」

「どうしてですか？」

主婦がわざとらしくため息をつく。牟田は対応しながらペースを落とさないよう気を引き締める。主婦は班で最も手早く作業を進めていた。

「これって犯罪者に配られるのよね。応募したときは知らなかったけど、後から加害者支援なんて聞かされて参加を迷っちゃったわ」

地道な支援は犯罪の発生率を下げると、教授は講義で熱弁していた。だが道を過《あやま》った者を避ける考えは根強いようだ。

「経済的な理由で犯罪に走る人は多いです。生活支援は再犯の抑止《よくし》に繋《つな》がりますよ」

牟田は講義の受け売りで答えた。

「でも犯罪者なんて怖《こわ》いし、何より迷惑だわ。最近もこの辺で振り込め詐欺《さぎ》が流行《はや》っていて、子供たちが注意しろと繰り返すの。嫌《いや》になっちゃう。私はあんな詐欺に引っかかるほど耄碌《もうろく》してないのに」

直後に大きな音が響く。丘嶋が唐突に段ボールを床に叩《たた》きつけたのだ。一同の視線が集中するなか、丘嶋がトイレだと告げて部屋から出て行く。

ドアが閉まってから、主婦が顔を歪《ゆが》めた。

「噂通り嫌な感じだわ。丘嶋造園の息子さん、前から評判が悪いのよ」

牟田は返事をしなかったが、主婦は構わずに話を続ける。

丘嶋大樹《ひろき》は丘嶋造園の二代目社長の息子で、現在はたまに家業の手伝いをしながら遊び呆《ほう》けているらしい。現社長である父親と日常的に怒鳴《どな》り合っているという。

「大樹くんのおばあさまが孫に甘くて、いくらでもお小遣《こづか》いを渡しちゃうの。それで素行の悪さに怒った社長がボランティアに無理やり参加させているらしいのよ」

「はあ、そうなんですね」

牟田が返事をしたせいか、主婦の口はさらに滑らかになる。丘嶋の父は怒ると手がつけられないことや、造園会社の売り上げが下がっているらしいことなど嬉々として語る。うんざりしているとサブリーダーが戻って、主婦はようやくお喋《しゃべ》りを止めた。丘嶋は十五分後に煙草《たばこ》の臭《にお》いを漂わせて戻ってきた。

作業は大量の段ボールを残しつつ夕方の四時に終わった。すると丘嶋は真っ先に会議室から姿を消した。牟田も建物を出ると、日が傾きはじめていた。木陰《こかげ》の喫煙所で丘嶋が一服している。

牟田と同じ学部の友人が丘嶋に近づいていった。話しかけたもののほんの数秒で離れ、次に牟田に近寄ってくる。

「よお、牟田」

「今の人知り合い？」

「いや、ただの見間違いだった。めちゃくちゃ凄《すご》まれちゃったよ。そんなことより、亜梨朱ちゃんを追い回してるって本当か？」

「やっぱり広まっているのか。完全に事実無根だよ」

大学構内で絡まれてから二日経《た》つ。現状を聞き出すと、大勢に拡散していることがわかった。やはり先ほどの女子学生の冷淡な反応は、ストーカー疑惑が原因だったのだ。

「亜梨朱ちゃんの親友の北川由美《きたがわゆみ》が噂を広めているみたいだな。お前の仕業《しわざ》だという証拠もあるらしい。俺は牟田がストーカーだなんて信じないけど、早めに対処したほうがいい。さすがに本気とは思えないが、お前を痛い目に遭《あ》わせようなんて物騒な話まで出てるからな」

「証拠なんて絶対にあり得《え》ない」

「それならいいんだけど」

心配そうな様子で立ち去っていく。対処といっても無実である以上、具体的に何をするべきか思い浮かばない。証拠もあるはずがないのだから、噂はすぐに消えるはずだ。楽観的に考えることにして、日が落ちかけた帰り道を歩《あゆ》みはじめた。

2

夜八時を過ぎ、タヴェルナ・イルソーレの客はカウンター席の若い女性だけになった。牟田は食器を洗い場に運んでから祁答院に頭を下げた。

「ミスばかりですみませんでした」

オーダーの間違いや料理の提供の順番が前後するなどの失敗を繰り返した。祁答院はトマトのブルスケッタを繊細《せんさい》な手つきで盛りつけている。

「この前の件が原因？」

牟田は無言でうなずく。ボランティアから二日経過し、状況は悪化していた。教室では遠巻きにされ、SNSでは数人からブロックされた。事前に決まっていた遊びの予定をキャンセルされるなど日常生活にも影響が出はじめている。どうやら由美が所属するイベント系サークルが中心になり、SNSを使って悪評を広めているらしかった。

さらに今日の昼間、ゼミの教授に呼び出されて事情を聞かれた。牟田が根も葉もない噂だと主張すると、教授は『注意するように』とため息をついた。

「一体何に注意すればいいんですか。全員から疑われている気がして、大学に行くと考えるだけで息苦しくなるんです」

　牟田は胸の裡《うち》を吐き出す。自覚せず亜梨朱に恐怖を与えた可能性も考えた。しかし思い当たる節《ふし》が全くない。嘘《うそ》の噂をばら撒《ま》かれるような恨《うら》みも買っていないはずだ。

「相当参っているね。それじゃお姉さんが手を貸してやるか」

　祁答院はバゲットにキノコのマリネを盛りつけ、最後にイタリアンパセリを添えた。それから直接カウンター席の客に皿を手渡し、牟田に顔を向けた。

「彼女が前に話していた冤罪の専門家だよ」

「えっ、何？」

　突然話を振られた女性客が大きな瞳を瞬かせる。濃い茶色の波打った髪と細い面立《おもだ》ちは、何度も店で姿を見かけた常連客だ。顔を見れば思い出せると考えていたが、あらぬ噂のことで頭がいっぱいで気づかなかった。

「初めまして。法学部二年の牟田幸司です」

「心理学科四年の遠藤紗雪《えんどうさゆき》です。お仕事をされている姿は前から拝見していますよ。それで依子さん、何の用事かな」

　紗雪の発声は一音ずつが聞き取りやすかった。

「彼が冤罪被害に遭ってるみたいなんだ。だから紗雪なら相談相手に最適だと思って」

「それは大変だね。でも専門家じゃないから、ちゃんとしたアドバイスは無理だよ」

「このままだと仕事に差し障《さわ》るんだ。話を聞くだけでもお願いできるかな」

祁答院が手のひらを合わせる。祁答院は二十代後半のはずだから、紗雪とは年齢が離れているはずだ。それなのに紗雪は敬語を使わず、二人の間には長年の友人同士を思わせる親しげな空気が流れていた。

紗雪は思案《しあん》顔で首を傾《かたむ》けてから、肩を竦《すく》めて表情を緩《ゆる》めた。

「まあ、事情を聞くだけなら」

「さすが紗雪は話がわかるね」

一介《いっかい》のアルバイト店員のために動いてくれる祁答院に感謝しながら、牟田は紗雪に一連の出来事を説明する。二人組に絡まれてから噂が広がったことを話した後、知り合いから入手した新情報を伝えることにした。

そのストーカーは以前から亜梨朱に何度も接近していたが、日中はマスクを着用していて顔の識別は難しかったという。しかし先週の十月三日の夜、路上でついにマスクなしの至近距離で接触したのだ。

「十月四日、講義のため教室に来た鈴木亜梨朱さんは、様子が変だったんだそうです。そこで友人の北川由美さんが問いかけると、鈴木さんは誰かに尾行されていると怯《おび》えながら打ち明けました。そしてその会話の直後に、僕が近くを通りかかったみたいなんです。……僕は全く憶《おぼ》えていないのですけど」

確かに僕は十月四日、鈴木さんと同じ講義を取っている。近くを通ることはあり得るはずだ。そして亜梨朱は遠ざかる牟田の後ろ姿を指差し、ストーカーに似ているとつぶやいたそうなのだ。

「その後、北川さんは五日に僕の顔の画像を入手し、鈴木さんに見せました。すると一目見て、ストーカーは僕で間違いないと断言したというんです」

特定に使用された写真は、牟田も友人経由で入手した。飲み会の際の画像で、牟田の顔が大きく写っている。スマホに表示させて差し出すと、画像を見た祁答院が眉《まゆ》を上げた。

「かなり鮮明だね。この写真を見て断言したら、誰もが牟田くんを犯人だと考えるよ」

そこに紗雪の明瞭《めいりょう》な声が割って入った。

「顔の錯誤《さくご》は簡単に起きるから、何の根拠にもならないよ」

牟田と祁答院の視線が集まるなかで、紗雪はブルスケッタをかじる。そしてゆっくり味わってから赤ワインに口をつけた。

「北川さんは牟田くんの写真を、一枚だけ鈴木さんに見せたんだよね。それは捜査手法としては間違いなの。本当は複数の写真を見せた上で、証言を得なくちゃいけないんだ」

「どういうことですか？」

牟田は刑事ドラマが好きだった。劇中で刑事は聞き込みの際に、写真を一枚だけ掲《かか》げている印象が強い。紗雪はバッグからノートとペンを取り出し、白紙のページを開いた。

「とある事件現場で、目撃者が金髪で顎鬚《あごひげ》のAという男性を目撃していたとするね。そして警察が目撃者に、AではなくBという人間の写真を一枚だけ見せた。ただしBは、Aと髪の色と鬚だけがそっくりなの」

紗雪がノートに金髪と顎鬚の特徴を持った二人の男性の絵を描く。両者は顔の輪郭《りんかく》や目鼻立ちが全く違っている。

「二人は明らかに別人だよね。だけど警察がBの写真だけ見せると、目撃者は高い確率で現場にいた人物をBだと証言してしまうの」

「本当ですか？」

イラストを並べて見る限り、間違える余地はない。

「目撃者には金髪・顎鬚という特徴が一番頭に焼きついている。加えて警察が写真を提示したという事実から、事件関係者に決まっているという思い込みが生じる。その結果、目撃者の記憶内で、Bの顔がAに上書《うわが》きされるの」

実験でも証明され、実際に写真の誤認で冤罪も発生しているらしい。牟田が言葉を失っていると、紗雪はさらに続けた。

「さらに、錯誤を起こすと過去の記憶まで塗り替わるんだ。鈴木さんの記憶内で、犯人の顔が全部牟田くんに入れ替わっている可能性があるよ」

牟田は背筋《せすじ》が寒くなった。

「対処法は写真で提示する全員の特徴を一致させること。このケースなら、写真を金髪・顎鬚で統一するの。記憶の変容が絶対に起きないとは言いきれないけど、記憶の上書きの可能性は減ることになる」

　同じ特徴の顔だと、別人でも間違えてしまう。そのため印象的な箇所が共通する人物をそろえた上で判別させないと、証言の信用性が落ちるというのだ。

「でもこれは単なる推測だよ。酷《ひど》いようなら警察に相談すべきだと思う」

　祁答院が小さく手を挙げた。

「牟田くんの立ち位置は容疑者なのに警察が動くかな」

「ろくに捜査もせずに被害者の言い分を鵜《う》呑《の》みにする可能性は否定できない。弁護士に頼んで風評《ふうひょう》を流布《るふ》しないよう警告する手もある。……間違っても胡散臭《うさんくさ》い探偵なんかに依頼しちゃ駄目《だめ》だからね」

　言い終えた紗雪は、なぜか苦々《にがにが》しく表情を歪めた。提案は真っ当だが、警察沙汰《ざた》は避けたかった。弁護士への相談も抵抗を覚える。もちろん、探偵の心当たりなどない。

「私にできることはこれくらいかな」

「ありがとうございます。とても助かりました」

　味方がいることも心の支《ささ》えになるし、顔の見間違いに説明がついたことで気が楽になった。紗雪はブルスケッタと赤ワインを平らげると、会計を済ませて店を出て行った。

「真摯《しんし》に説得すれば相手に伝わるよ」

祁答院の励《はげ》ましに牟田は笑顔で返す。

「そうですよね」

不安に満ちた心が軽くなっていた。牟田が洗い物をしていると、泡のなかで食器が甲高《かんだか》く鳴った。指先に鋭い痛みを感じる。

中指の腹から血が滲《にじ》む。水のなかで食器を割ってしまったらしい。泡に覆《おお》われたシンクの底で、何が割れたのか見当がつかなかった。


南の空で台風が発生し、日本列島に近づきつつあった。重苦しい灰色の空の下、校舎に入ろうとしたところで背後から肩をつかまれる。

振り向くと先日詰め寄ってきた長身の男子学生が、スマホ片手に牟田をにらんでいた。

「見つけた。ちょっと顔貸せよ」

「僕も話がある。誤解だと説明したいんだ」

紗雪との会話をきっかけに、話し合う心の準備は固めた。しかし男子学生が襟元《えりもと》をつかんで、強引に引き寄せてきた。

「ふざけんな！」

牟田は息を呑《の》んだ。暴力に慣れていないせいで足が震える。抵抗できずに立ち竦んでいると、四方から学生が出現した。北川由美の姿もある。そして合計六名の男女が牟田を取り囲んだ。サークル仲間なのだろうか。由美は集団の先頭に立った。

「全然反省していないんだね」

集団は牟田を強引に近くの校舎に引き込んだ。逆《さか》らうこともできず、建物奥の人通りの少ない廊下に連行された。長身の男子学生が喉元《のどもと》を乱暴に押し、牟田の背中が壁に衝突する。牟田は咳《せ》き込んでから、囲む顔ぶれを見渡した。集団に亜梨朱の姿はない。

「鈴木さんはどこ？　本人に誤解だと説明したいんだ」

「来るわけないでしょう。幸い捻挫《ねんざ》で済んだけど、家を出るのも怖がっているんだよ！」

捻挫なんて初耳だ。亜梨朱が怪我をしたという新情報に二の句を継げない。顔を赤くした面々が、一斉に牟田へ罵声《ばせい》を浴びせてくる。

「この変質者！」「警察に突き出そうぜ」「反省してるのか」「何黙ってるんだ」「言い分があるなら言ってみろよ」「黙秘《もくひ》するつもりか？」「後ろめたいことがあるんだな！」

心臓が早鐘《はやがね》を打ち、頭が真っ白になる。罵声は勢いを増していく。下手《へた》に口を挟《はさ》めば相手は爆発しそうだった。全身から汗が噴《ふ》き出す。思考が鈍《にぶ》って視界が歪む。

振り上げられた腕を避けようとすると、逃げた方向から強く押された。人格を否定する言葉を投げかけられ、長身の男子学生に胸ぐらをつかまれる。その直後、滑舌《かつぜつ》の良い女性の声が、罵倒《ばとう》の隙間《すきま》を縫《ぬ》って耳に飛び込んできた。

「牟田くん？」

紗雪が廊下の先で目を丸くしていた。

「……助けて」

裏返った声で呼びかけると、紗雪が靴音を響かせて近づいてきた。進路を由美が塞ぐ。

「大事な話の最中です。関係ない人はご遠慮ください」

「私は心理学科四年の遠藤紗雪といいます。彼は知り合いなの。大勢で取り囲むなんて、いくらなんでもやりすぎよ」

紗雪の凜《りん》とした物言いに、由美が怯《ひる》んだ表情を見せた。

「犯罪者相手だから当然の対応です」

「トラブルなら公《おおやけ》の場で冷静に話し合うべきでは？」

「怪我人が出ているんですよ。ストーカーの言い分なんて聞く必要ない」

背後で長身の男性が叫んだ。

「変質者が平然と大学に通うこと自体が異常なんだよ」

「大学を辞《や》めろってことかな。無実だと判明したら、牟田くんの人生に責任を持てる？」

それぞれの表情に困惑《こんわく》の色が浮かぶ。退学の責任など取りようがない。包囲が緩んだ隙を狙《ねら》って紗雪が手を伸ばし、牟田の手首をつかんで集団から引っ張り出した。

「彼を解放してくれるかな。事件について話し合う機会は改めて設《もう》けるから」

面々が顔を見合わせ判断に迷っている。気勢を削《そ》がれたのか、当初の殺気は消えていた。決断を下したのは由美だった。

「約束ですからね」

渋々といった様子で集団が去っていく。彼らの姿が消えたのを見届け、牟田はため息をついた。本当なら毅然《きぜん》と無実を主張するつもりだった。だが囲まれた瞬間に膝《ひざ》が震え、恐怖で声が出せなくなった。項垂《うなだ》れる牟田に紗雪が気の毒そうに語りかける。

「状況が悪化しているね。乗りかかった船だし、依子さんの頼みでもある。解決に協力するよ」

「ありがとうございます」

牟田が感謝の言葉を返すと、紗雪が表情を変えた。

「でも万が一有罪だと証明されたら容赦《ようしゃ》しないから」

「その点は大丈夫です」

射貫《いぬ》くような目つきに面食《めんく》らいつつも即答する。無実であることは誰より自分自身が知っている。紗雪は表情を緩めてからあっさり言った。

「それじゃ、鈴木亜梨朱さんに話を聞こうか」

まだ牟田を信じてくれている友人から、亜梨朱が昨日ストーカーに襲われて怪我をしたことを教えてもらった。そのせいで亜梨朱は午前の講義を休んだが、午後から大学に顔を出す予定だという。

「牟田くんが同席しても拗《こじ》れるだけだから、悪いけど遠慮してもらえるかな」

「わかりました」

真実は異《こと》なるが、亜梨朱は牟田をストーカーだと認識している。直接説明したい気持ちはあるものの、恐怖を与えるのも本意ではない。連絡先を交換すると、紗雪は校舎の奥に消えていった。奥に心理学科の研究室があるようだ。

屋外に出ると雲が日を隠していた。講義は残っていたが、他人の視線が怖くて大学を離れる。後ろめたいことなどない。それなのに、大学生らしき人とすれ違うだけで、反射的に顔を逸らしてしまう。数分間の糾弾《きゅうだん》は牟田の心に大きな傷を負わせていた。

電車で二駅の自宅アパートに戻って昼食を済ませる。午後三時に紗雪から連絡が届き、四時半に大学のある駅前で待ち合わせになった。

3

改札を出ると、紗雪が柱の前で文庫本を読んでいた。声をかけると顔を上げ、大学と線路を挟んで逆側の商店街へ歩き出す。

「どうでしたか？」

「無事に亜梨朱ちゃんから話を聞けたよ。冤罪という先入観は排除して聞いたつもりだけど、それでも怪しい点がいくつも見受けられた」

聞き込みを通じて親しくなったのか、名前で呼んでいる。商店街には買い物袋を提《さ》げた女性客が目立った。肉屋から漂う揚《あ》げ油の匂いが鼻先をかすめる。

亜梨朱が最初に不審者を目撃したのは、二週間ほど前の九月下旬らしい。大学からの帰宅途中、背後に視線を感じて振り返ると、見知らぬ男が立っていた。ただの通行人だと思ったが、一人暮らしの自宅マンションまで一定の距離を保って尾《つ》いてきたという。マスク姿で距離もあったため、視力が〇・五以下の亜梨朱には顔を識別できなかった。

その後も二度不審者らしき人を見かけ、どれも似たような背格好だった。しかし亜梨朱は気のせいだと軽く考えて対処しなかった。実家にも余計な心配をかけたくないと相談しなかったらしい。悪い状況から目を背《そむ》けることで、問題そのものを存在しないと思い込みたい気持ちは牟田も理解できた。

そして十月三日に事態は悪化する。

「午後五時過ぎ、亜梨朱ちゃんは大学からの帰宅途中だった。そこに正面から青いフレームの眼鏡をかけた男性が歩いてきた。近づくにつれ、男性が例の不審者に似ていると気づいたそうなの。すると男性は急にスマホを向けてきた。直後にシャッター音が鳴って、すぐに男性は立ち去ったんだって」

亜梨朱は立ち竦んだまま反応できなかった。見知らぬ男性に尾け回され、写真まで撮《と》られたのだ。きっと恐ろしかったはずだ。その翌日、亜梨朱は由美に不安を打ち明ける。そして十月五日、由美は入手した牟田の写真を亜梨朱に見せた。

「私の予想通り、北川さんは亜梨朱ちゃんに比較写真を提示していなかった。しかも見せる際に、『犯人の写真を手に入れた』とまで言っていたんだ。友人がわざわざ入手したことへの感謝の気持ちが、写真に対して先入観を与えることはあり得るよ」

その後、由美が直接ストーカー本人に警告したと聞き、亜梨朱は安堵《あんど》した。しかし昨日、十月十日にさらなる事件が起きる。

友人との食事を終えた亜梨朱は一人で夜道を歩いていた。すると突然、道路脇から男が飛び出してきたのだ。何かを叫んでいたが、恐怖で耳に入らない。そして亜梨朱は逃げようとした際に足をもつれさせて転倒し、手首を捻挫してしまう。

「不審者は亜梨朱ちゃんが転《ころ》んだ時点で逃走し、夜道の先に姿を消した。医師の診断では全治一週間だそうよ」

紗雪が大通りの横断歩道を渡った。商店街を抜けた先は住宅街だ。一軒家や集合住宅が建ち並び、遊具のない小さな公園がある。街灯の数が少なく、夜には暗くなると予想できた。買い物袋を自転車の前籠《かご》に載せた中年女性が横を通り過ぎた。

紗雪はこれから、亜梨朱が不審者に遭遇した場所の現場検証をするつもりだという。くわしい場所は本人から聞いたらしい。

「鈴木さんと仲良くなったみたいですね」

「ごく普通の大人《おとな》しい子だったよ。警察への相談を勧《すす》めたけど躊躇《ちゆうちよ》していた。怪我をしたのも驚いて転んだことが原因で、相手は指一本触《ふ》れていないみたいだから」

「警察まで行くのは、心理的なハードルが高いですよね」

「牟田くんも同じ理由で行かないの？」

紗雪に以前勧められたが、牟田は警察に足を運んでいない。

「実は父が裁判官なんです。警察沙汰は迷惑がかかると思って」

「そうなんだ」

紗雪の顔に動揺が浮かぶ。珍しい職業なので驚かれることは多いが、紗雪の反応はどこか異質だ。裁判官に何か特別な思いがあるのだろうか。紗雪が急に立ち止まった。

「この場所で亜梨朱ちゃんは写真を撮られたの」

住宅街の、これといった特徴のない路地だ。周囲を夕日が赤く照らしていた。猫が塀の上を歩き、一軒家のガレージが自動車の帰りを待っている。

紗雪がスマホのディスプレイを確認した。

「ほぼ同じ時刻だ。再現してみたいから、牟田くんに不審者役をお願いしていいかな」

「わかりました」

動作の指示を受けた後、牟田は紗雪から距離を置く。合図と同時に紗雪が一人で歩きはじめる。夕日を受け、紗雪の全身は朱に染まっている。

牟田はスマホのカメラを起動させ、紗雪と向かい合う形で進んだ。すれ違う瞬間、レンズを向けて撮影ボタンを押す。シャッター音が鳴り、紗雪が目を見開いた。

「よく見えない。牟田くんも確認してみて」

紗雪が牟田の歩いてきた方向に走る。そして立ち止まって振り向いた瞬間、牟田は言葉の意味を理解した。夕日を背に受けて、紗雪の顔が陰になっていたのだ。

道は東西に延び、牟田は西から東に歩いた。秋の西日は強烈で、背を向けた人の顔は陰になる。至近距離なら識別は可能かもしれないが、とっさの状況でどれだけ見えるか疑問だった。

八日前だから日の入りの時刻はそれほど変わっていないはずだ。スマホで調べるとその日は晴天で、夕日の射《さ》し方も今日に近いと考えられた。

「昨日の現場でも検証しよう。夜八時まで夕飯でも食べて時間を潰《つぶ》そうか」

亜梨朱が怪我をした場所は数十メートル先らしいが、条件を合わせるため暗くなるまで待つことになった。近場の店で簡単な食事を済ませ、八時前に次の現場に向かう。

工場と空《あ》き地に挟まれた路地だった。長さ七十メートル程度で、自動車二台がすれ違うのが難しい幅だ。街灯はなく真っ暗で、夜に利用するのは不用心だと思うが、亜梨朱の自宅マンションへの近道らしい。

今度も牟田が不審者役で状況を再現する。すると紗雪に近づいても、暗くて牟田の顔がほぼ見えないことが判明した。十日は新月なので月明かりも期待できない。

夕焼けと夜の暗さで、どちらの現場も相手を視認するのは困難だ。この点を衝《つ》けば証言を撤回させることは可能かもしれない。

希望を抱いた直後、聞き慣れないスマホの着信音が鳴った。闇夜のなかでディスプレイの光が紗雪の顔を浮かび上がらせた。紗雪が首を傾《かし》げる。

「知らない番号だ」

牟田なら心当たりのない番号など無視するが、紗雪は躊躇なく耳に当てた。

「もしもし。えっ、北川さん、どうしてこの番号を知っているの？」

どうやら相手は北川由美らしい。一方的に喋る由美の声がスマホのスピーカーから漏れる。紗雪が眉間に皺を寄せた。

「私が冤罪にこだわっているなんて誰に聞いたの」

幅の広い車が速度を落とさず近づき、クラクションを鳴らす。牟田は構わず通話を続ける紗雪を壁際に引き寄せた。

「……ミトが？」

紗雪の目を見開く様がヘッドライトに照らされる。車は危険な速度で進み、路地を折れて消えた。

紗雪が唇を噛《か》み、スマホを持つ手を下ろした。ホーム画面が夜の闇に浮かび上がる。

「ねえ、牟田くん」

「なんでしょう」

「あなたの冤罪、必ず晴らしてあげる」

紗雪の言葉に違和感を覚える。これまで紗雪は牟田側につきながらも、公平さを貫《つらぬ》こうとしていた。しかし今の発言は冤罪と断定している。なぜ急に態度を変えたのだろう。スマホ画面が暗くなり、紗雪の表情は闇に包まれ見えなくなった。

現場検証を終え、紗雪と駅前で別れる。アパートに戻ると夜九時半になっていた。牟田の住まいは築三十年を超えるワンルームで、駅から徒歩十分の割に家賃が安いのが魅力だ。和室の中央にこたつを置いてあり、本棚には教科書や漫画が並んでいる。ゴミ箱代わりのポリ袋は二袋目に突入していた。

紗雪から自分のアリバイを書き出しておくよう指示された。しかし頭をひねっても、驚くほど何も思い出せない。

パソコンで表を作り、アルバイトや講義などの時間を埋めていく。次にスマホのスケジュール帳やメッセージのやり取りを元に記憶を蘇《よみがえ》らせた。

買い置きの発泡酒に口をつけ、事件があった時刻の行動を思い出す。

『在宅の証明は無理そうです』

牟田は紗雪にメッセージを送る。亜梨朱が写真を撮られた三日の夕方も、襲われそうになった昨日の夜も、牟田はアパートで過ごしていた。第三者からはアリバイが成立しないと判断されるだろう。

『了解。私は亜梨朱ちゃんのSNSをチェック中』

紗雪からの返事が届く。連絡に使っているのはメッセージ機能が便利なアプリで、紗雪は自分の顔をアイコンにしていた。牟田はタヴェルナ・イルソーレのミートソースパスタに設定している。

気になったので牟田も亜梨朱のSNSを調べることにした。牟田はほぼ投稿していないが、友人のアカウントを閲覧《えつらん》するため登録だけしてあるのだ。亜梨朱のアカウントは簡単に見つかったが、フォローしていないのにブロックされていた。さらに複数の知り合いからフォローを外されている。

発泡酒の缶は空《から》になり、二本目のタブを開けると炭酸の抜ける音がした。アルコールのおかげでストレスから少しだけ解放された。三十分後に紗雪からメッセージが届いた。

『めぼしい情報は見つからないね。亜梨朱ちゃん、食べ物の画像ばっかり上げているから小腹《こばら》が空《す》いてきたよ。全体的にイタリアンやフレンチの写真が多いみたい』
『美味しいもの好きだと小耳に挟《はさ》んだことがあります』

友人が以前、亜梨朱をデートに誘うための店を探していたのだ。牟田はイルソーレを紹介したが、結局誘い自体を断られたという。祁答院の料理は絶品なので残念に思った覚えがある。

『牟田くんもイタリア料理が好きみたいだから、別の出会い方なら食べ歩きの趣味で親しくなれたかもね。亜梨朱ちゃん、意外と一人ごはんも多いみたいだし』

確かに牟田はイタリア料理が好きだった。SNSのアイコンやイルソーレでアルバイトをしていることから判断したのだろう。子供の頃に食べた料理が印象に残っていて、その味を今でも追いかけているのだ。大学に進学して出会ったイルソーレの料理は、牟田の理想に近い味だった。

『でも、スポーツカーに乗ったイケメンの恋人がいると聞きましたけど』

デートを断られた友人が仕入れた噂で、高級外車の助手席から降りる亜梨朱が何度か目撃されているというのだ。

『記事には彼氏の気配がないな。あっ、隣町のイタリアンカフェがすごく美味しそう』
『隣町のカフェというと、ボナセーラですか？』

『よくわかったね。行ったことあるの？』

『半年前にできたのですが、めちゃくちゃ美味しいです。この前頼んだ季節限定の秋鮭《あきじやけ》と酒粕《さけかす》のクリームパスタも絶品でした。ランチのみの数量限定だと品切れなことも多いんですけど、運よく食べられました』

秋鮭の旨《うま》みと酒粕の独特な風味が、濃厚なクリームによく調和していた。祁答院の料理も素晴らしいが、負けないくらい美味しい店だった。

『亜梨朱ちゃんが行ったのは十月二日だね。不審人物に写真を撮られる前日か』

紗雪からの文面に引っかかりを覚える。自分のアリバイをまとめた表に目を通し、すぐにその理由に行き当たった。

『僕が行ったのも同じ日です』

返信すると、紗雪からの反応が途絶《とだ》えた。数分後、SNSのスクリーンショットが送られてくる。スクリーンショットとは画面の表示をそのまま画像として保存する機能だ。亜梨朱がボナセーラで食事をした際の記事で、店名や料理の写真が掲載されていた。

ブロックされた相手のSNSを見るのは気が引けたが、送信したからには理由があるのだろう。記事には亜梨朱のコメントが書かれていた。

『限定パスタ、目の前で売り切れ（涙）』『秋鮭と酒粕のクリームパスタ食べたかった（泣）』『めっちゃいい笑顔で最後の限定食べてる人いる（笑）』

最後のコメントが気になった。

『この日のランチの最後に限定パスタを注文したのは僕のはずです。店員からラストと言われたので間違いありません』

コメントに『目の前』とあるから、牟田が注文したのを目撃したのだろうか。『最後の限定食べてる人』とも書いているので『めっちゃいい笑顔』で限定パスタを食べていたのは牟田の可能性が高いだろう。つまり牟田と亜梨朱は同時刻に店内に居合《いあ》わせたのだ。

『牟田君が限定パスタを食べた証拠はある?』

ストーカー被害が起きた時間ではないのだから、アリバイを証明できても意味はないように思う。スマホを調べたが、写真は撮影していなかった。目当ての品が目の前に来ると、我を忘れて食べはじめてしまうのだ。

悩んだ牟田はゴミ袋をひっくり返した。最近ゴミ出しを怠《おこた》っているため、九日前なら捨てていないはずだ。汚さに耐えて探した結果、一枚のレシートを見つけた。ボナセーラの店名に加えて日付と時刻、限定パスタという品名、レジ対応した店員の氏名も記載されている。撮影して送信すると『えらい』というメッセージが返ってきた。

有益な情報らしいが、何の役に立つか見当もつかない。理由を聞こうとしたものの、まぶたが急に重くなった。発泡酒を二缶飲んだ直後にゴミをあさったせいだろう。万年床に倒れると、明かりも消さずに眠りに落ちた。

明くる日の晩、タヴェルナ・イルソーレを団体客が賑《にぎ》わせた。祁答院は調理に追われ、牟田は厨房と客席を往復し続ける。午後八時半、やっと落ち着いたところに紗雪が来店した。テーブル席に案内し、水とおしぼりを出す。

「いらっしゃいませ」

「ありがとう。魚介のトマトパスタをお願いします」

紗雪は勉強に集中すると寝食を忘れるらしく、不規則な時間に食事を摂《と》ることが多いのだそうだ。祁答院がコンロに火を点《つ》け、フライパンにオリーブオイルを注いで刻んだニンニクを熱する。そしてパスタを寸胴《ずんどう》に投入しながら訊《たず》ねてきた。

「そういえばストーカー問題は進展あったの？」

「遠藤さんのおかげで調査は進んでいます。お二人には心から感謝しています」

素直な気持ちを告げてから、牟田は現状を報告した。だが、話が進むにつれ、祁答院の表情が険《けわ》しくなる。牟田は困惑し、紗雪も首を傾げている。祁答院がフライパンに魚介を入れると、食欲を刺激する香りが立ち上《のぼ》った。

「二人とも冷たくない？」

「どういうことですか？」

「鈴木亜梨朱って子は、今もストーカーに狙われているんだよ。本来なら何より優先して考えてあげるべきなのに、二人とも冤罪を晴らすことに躍起《やっき》になっている」

祁答院の指摘が胸に刺さる。自分が犯人でない以上、本物のストーカーは野放しなのだ。自分のことばかり考えているのが恥ずかしく思えてきた。

「それは違うよ」

紗雪が即座に否定する。祁答院は驚きを見せつつ、レードルでトマトソースをフライパンに注いだ。水分が蒸発する音と一緒に甘く爽《さわ》やかな香りが漂った。

「無実の牟田くんが、学生生活に支障をきたすほどひどい目に遭っている。そんな状況で他人を心配するなんて無理だよ。亜梨朱ちゃんを救うのは彼女自身と、周囲の人間の役割だと思う」

アラームが鳴り、祁答院が寸胴からパスタを引き上げた。火にかけたフライパンに投入し、パスタとソースを絡ませる。皿に盛りつけてからオリーブオイルとイタリアンパセリで仕上げ、紗雪のテーブルまで自ら運んだ。

「魚介のトマトパスタです。……不用意なことを言ってごめん。私は牟田くんの辛《つら》さを酌《く》めていなかった」

「他人の気持ちを想像するのは難しいよね。今日も美味しそう。いただきます」

紗雪が笑顔でフォークを手に取り、パスタを幸せそうに口に運ぶ。牟田も笑顔を返すと、祁答院は照れくさそうに頬《ほお》を掻《か》いた。

「ところで今の話に出てきた限定パスタは、眼鏡を破壊した日のやつかな」

「その話はやめてください」

「眼鏡を破壊？」

紗雪が海老《えび》をかじりながら首を傾げると、祁答院がからかうみたいに笑った。

「ボナセーラの限定パスタについて興奮気味に褒《ほ》めていたら、突然転んで眼鏡のフレームを折ったんだ。牟田くんは普段ミスが少ないけど、たまに豪快にやらかすんだよね」

「壊れた眼鏡、最近見た気がする」

紗雪が首をひねる。祁答院がスマホを持ってきて、眼鏡の写真を見せた。壊れた後に大笑いしながら撮影したのである。紗雪が真っ二つに折れたフレームの画像を覗《のぞ》き込んだ。

「今と同じデザインだね」

「レンズは再利用できたから同じフレームを買い直したんです。眼鏡チェーンの量産品だから在庫があって、翌々日の通学前に買い直せました」

それまではスペアの眼鏡を使ったが、度数が合っていないため日常生活は不便だった。

「それだ」

紗雪が突然椅子から立ち上がり、牟田の両肩に勢いよく手を乗せた。

「帰ったら眼鏡購入のレシートか領収書を探して。捨てていたら眼鏡屋に連絡して伝票が残っていないか確認するように」

「わかりました」

意味もわからず返事をすると、紗雪が椅子に座り直した。牟田も祁答院もあっけに取られている。紗雪はムール貝の身を満足そうな表情で頰張《ほおば》った。

4

台風は温帯低気圧に変わり、透《す》き通った秋空が広がっていた。待ち合わせの喫茶店の前に亜梨朱と由美の姿があった。

亜梨朱の姿を直《じか》に見るのはしばらくぶりになる。髪の毛は控えめな茶色に染めたセミロングで、花柄のワンピースにデニムのジャケットという格好だ。由美はベージュのトレーナーにスリムジーンズという動きやすそうな組み合わせだった。

今日は紗雪を交《まじ》えて話し合いをすることになっていた。

由美は牟田をにらみつけ、亜梨朱は隣の男性の背後に隠れる。初めて会う人物だ。二十代前半くらいで、カジュアルで仕立ての良いジャケットを羽織《はお》っている。靴や時計なども高級そうだ。男性は由美たちと言葉を交わしてから近寄ってきた。

「はじめまして、由美の従兄《いとこ》の北川渚《なぎさ》です。今日は近くの席で見守らせてもらいます」

スポーツカーを所持する恋人が亜梨朱にいるという噂を思い出す。その人物なのだろうか。渚が肩に手を置くと、由美が身を硬くした気がした。

「俺のことは気にしないでください。由美が皆さんに失礼がないか心配なだけですから」

渚は爽やかな笑《え》みを浮かべるが、牟田を牽制《けんせい》しているのだろう。

店内には焙煎《ばいせん》した珈琲《コーヒー》豆の香りが満ちていた。店員に奥のボックス席へ案内される。渚は入口に近いカウンター席に座った。紗雪は断りを入れてから、ボイスレコーダーをテーブルに置く。注文を終えると由美が挑発的な口調を向けてきた。

「無実の証拠でも発見したんですか？」

「今日は牟田くんが犯人だと断定する根拠が乏《とぼ》しいことを説明したいの」

紗雪の落ち着いた物言いに、由美が鼻を鳴らした。

「こっちは目撃してるんですよ」

「目撃証言ほど信用できない証拠はないんだよ」

紗雪が茶封筒から数枚の写真を取り出す。亜梨朱が襲われた現場で、天気や時刻を合わせて牟田を撮影したものだ。夕日を背にした時の顔の影の濃さや、夜間の路地の暗さなどを示した上で、顔の判別が難しいことを説明する。すると由美が血相を変えた。

「亜梨朱が嘘吐《つ》きだと言うんですか。夕方でも夜でも近づけば顔くらいわかるから」

唾《つば》を飛ばす由美を無視し、紗雪は亜梨朱に身体を向けた。

「亜梨朱ちゃんは写真を撮られた際に、相手の顔を見たんだよね。そして翌々日、牟田くんの写真を見て犯人だと思った」

亜梨朱が無言でうなずくのを、隣で由美が心配そうに見守っている。友人を大切に想《おも》う由美のことを、牟田は憎む気になれなかった。

紗雪は運ばれてきたコーヒーで喉を湿らせた。

「亜梨朱ちゃんは牟田くんをストーカー騒動以前に知ってた？」

「同じ講義は取っているみたいですが、大教室なので憶えていません」

牟田は亜梨朱の顔と名前を認識していたが、話したこともないので亜梨朱が知らないのは当然だろう。紗雪がさらに数枚の写真をテーブルに並べると、亜梨朱が不快そうに眉をひそめた。

「これって私のSNSですよね」

「ストーカーに写真を撮られる前日、十月二日のランチの記事で間違いないよね」

「そうですけど」

日付を確認してから亜梨朱がうなずいた。

「限定パスタのラスト一つを食べた人について感想が書いてあるよね。残されたレシートによって、その人物が牟田くんだと証明できたんだ」

「え……」

亜梨朱が怯えながら身体を引き、由美が怒りの形相《ぎょうそう》を浮かべる。一連のストーカー行為だと勘違《かん》いしたのだろう。否定したかったが、事前の打ち合わせで勝手に口を挟まないと約束してあった。紗雪が質問を重ねる。

「スマホに、限定パスタを食べた人の画像は残っていないかな」

亜梨朱がスマホを操作してから顔を強張《こわば》らせ、テーブルに置いた。ディスプレイに表示された限定パスタを頬張る青色眼鏡の男性は、間違いなく牟田だった。気づかない間に盗み撮りされていたらしい。紗雪は亜梨朱に断りを入れてから、画像の顔部分を指で拡大した。

「無断撮影はマナー違反だけど、証拠だから大目に見るよ。ただこんな砂漠で水を飲むみたいな表情なら、隠れて撮影したくなるのも無理ないか。つまり亜梨朱ちゃんは、前日に目撃した人物がストーカーと同じ人だったたと気づけなかったわけだね」

亜梨朱の表情が歪み、由美が挑《いど》むように前のめりになった。

「一度見ただけの顔なんて忘れるに決まってる」

「その通りだよ。一日経てば大抵《たいてい》の人は他人の顔なんて憶えていない。真昼のカフェと夕方の住宅街、そして大学の教室でも光の加減から別人に見えることはある」

「そんなの――」

由美が何か言いかけ、言葉を飲み込んだ。紗雪に同意すれば亜梨朱の証言の曖昧《あいまい》さを肯定することに繋がる。紗雪がカップをソーサーに置くと、甲高い音が鳴った。

「無意識的転移という現象があるんだ」

「それは何でしょうか」

亜梨朱が不安そうに訊ねる。放置された紅茶からは湯気《ゆげ》が消えていた。

「とある事件の捜査の面通しで、被害者が容疑者候補の一人を犯人だと証言した。だけど後《のち》にその容疑者のアリバイが成立したの。なぜ見間違いが起きたか調べた結果、証言の主は過去に、容疑者が店員として働く店で買い物をしていたことが判明したんだ」

「買い物？」

亜梨朱が興味深そうに聞き入っている。

「さらに調査した結果、証言の主は誤認した理由について『見覚えがあったから』と答えた。別の場所で見た人物の顔を、関係ない記憶と融合《ゆうごう》させてしまう。その現象を無意識的転移というんだ」

「そんな馬鹿なことが本気で起こるとでも？」

「似た事例は多数報告されているよ」

由美の茶化《ちゃか》すような口振りを、紗雪の真面目《まじめ》な口調が切り捨てた。亜梨朱は顔を青ざめさせている。紗雪が亜梨朱に顔を近づけた。

「不審者の特徴をもう一度思い出して」

迫力に圧《お》され、亜梨朱が背もたれに上体を押しつける。牟田はここが正念場だと悟り、気がつくと呼吸を止めていた。来店のベルが鳴り、店員が声を張り上げて挨拶する。由美が心配そうに亜梨朱の腕に手を添えた。

亜梨朱が顔を上げて牟田を指差した。

「その青の眼鏡は間違いありません。不審人物は絶対にこの人です」

真《ま》っ直《す》ぐ伸びた指から頑《かたく》なな意志が伝わる。牟田は深く息を吐いた。隣では紗雪が満足そうにうなずく。態度が癇《かん》に障ったのか、由美が苛立《いらだ》たしげに舌打ちした。

「何を余裕ぶってんのよ」

「亜梨朱ちゃんが不審者に写真を撮られた日、牟田くんの青い眼鏡は壊れていたの」

由美と亜梨朱が硬直するのを尻目に、紗雪が茶封筒から新たな紙を取り出した。

「限定パスタを食べた日の夕方、牟田くんはアルバイト先で眼鏡を壊してしまったんだ。そこの店長がその眼鏡の写真をＳＮＳ上で公開しているの」

紗雪が壊れた眼鏡に見覚えがあると話していたのは、祁答院が個人アカウントのＳＮＳで公開していたからだった。さらに祁答院は仕事終わりに、スペアの金属フレームの眼鏡を着用した牟田の顔も撮影していた。

「翌日は眼鏡店が定休日だったため、牟田くんは翌々日の午前に同じフレームの眼鏡を買い直した。だから亜梨朱ちゃんが不審者に撮影された時点で、牟田くんは青色眼鏡じゃなかったんだ」

由美が焦った様子でテーブルを叩いた。

「こいつが他に青色の眼鏡を持っていた可能性だってあるわ」

「だったら何のために、学生にとって安くないフレームを買い直したのかな。新しく購入した事実は眼鏡店の伝票で証明できるよ」

自宅からレシートも発見できた。ゴミ捨てを怠っていたおかげである。

「推測だけど、犯人もよく似たフレームをかけていたんじゃないかな。その上で牟田くんを見かけて、眼鏡のイメージが強烈に残っていた。被害に遭った亜梨朱ちゃんの記憶には眼鏡のイメージが強烈に残っていた。その上で牟田くんを見かけて、眼鏡を引き金にイタリアンカフェで目撃した顔と結びついたんだよ」

その結果、亜梨朱の記憶内で不審者の顔が牟田に入れ替わった。さらに由美が提示した写真によって間違いの記憶が固定されたのだ。由美がテーブルを乱暴に叩いた。

「こいつの無実が証明されたわけじゃない」

「だったら有罪の決定的証拠を持ってきなさい」

紗雪の声は静かだが、聞く者を震え上がらせるような冷たさを含んでいた。

「疑惑の根拠は証言のみで、さらに信憑性《しんぴょうせい》も失われた。この状況で牟田くんを犯人扱いするのは間違っている。疑わしきは罰せずが司法の原則で、立証責任は糾弾する側にある。根拠のない疑惑で誰かを苦しめるのは、可能な限り排除しなくちゃいけないの」

亜梨朱は項垂れ、由美は苦虫《にがむし》を嚙み潰したような表情だ。遠くの席で集団の客が大きな笑い声を上げた。亜梨朱が居住《いず》まいを正し、深く頭を下げる。

「ごめんなさい」

「何を謝《あやま》っているの」

由美が肩を揺さぶると、亜梨朱が首を横に振った。

「由美には感謝してる。でも、この人は犯人じゃなかったんだよ」

亜梨朱の瞳に涙が浮かび、由美が手を離した。亜梨朱がハンカチを取り出して目元を拭《ぬぐ》う。由美が悔しそうに歯を食いしばった。

牟田は息を吐き、背中をソファに預ける。緊張のためか背中に汗をかき、珈琲は冷《さ》めきっていた。紗雪が咳払いしてから、亜梨朱たちに向かって微笑《ほほえ》んだ。

「それじゃ関係者全員に、牟田くんの無実を伝えてね」

「どうして私たちがそんなことまで」

「濡《ぬ》れ衣《ぎぬ》を着せられた牟田くんが、どれだけ傷ついたと思っているの。あなたたちには牟田くんの名誉を回復する責任があるんだよ」

亜梨朱と由美が身を縮ませる。同級生や教授など噂は多方面に広まっている。牟田が日常生活を取り戻すためには必要なことだ。

ふいに、うつむいていた由美がかすれた声で言った。

「自分の過去の苦しみを、冤罪を解決することで晴らしているんですか」

「あなた、何を……」

紗雪の瞳が揺らぐ。由美が大きく息を吸うと、紗雪が全身を萎縮《いしゅく》させた。

「聞きましたよ。遠藤さんって――」

「あの！」

牟田は腰を浮かせて声を張り上げる。必死に言葉を探し、亜梨朱に顔を向けた。

「真犯人、早く捕まるといいね。僕にできることなら何でも協力するよ」

ストーカーは今も野放しなのだ。現状で青色眼鏡をかけた人物としか判明していないし、チェーン店の量販品なので似たデザインは数多く出回っている。犯人を捕まえるのは困難な状況だ。

「ありがとう。本当にごめんね、牟田くん」

亜梨朱が涙目で頭を下げ、由美は不満そうに黙り込む。紗雪は何度もまばたきしながら、牟田の顔を見つめていた。店員が水差しを手に席に近づいてくる。冷たく透明な水が各々《おのおの》のグラスを満たした。

亜梨朱と由美は関係者へ訂正すると約束し、北川渚と一緒に帰っていった。渚は従妹《いとこ》が心配で同行したのだと言っていた。しかし落ち込む由美を気にすることもなく、牟田たちに軽く会釈《えしゃく》しただけだった。何のために来たのか、最後までよくわからなかった。

紗雪と喫茶店に残った牟田は、亜梨朱たちがいた側に座り直す。精神的にも肉体的にも疲れきっていた。牟田たちは珈琲のお替わりを注文する。

「紗雪さんのおかげで助かりました」

「安心するのは早いよ。真犯人が野放しの状態だと、牟田くんを犯人だと思い続ける人が必ず残る。人間関係が完璧に元に戻るとは考えないほうがいい」

「覚悟しておきます」

店員がお替わりの珈琲を運んできた。ソファにピンク色のハンカチが落ちている。亜梨朱が涙を拭うときに使っていたものだ。次の講義で返すために拾い上げた。

「さっきはありがとう」

耳に小さく届く。牟田が顔を上げると、紗雪は澄まし顔で珈琲を飲んでいた。

紗雪はなぜ冤罪に興味を抱いているのだろう。夜の闇で電話を受けたときの、ミトという言葉、さっき見せた突然の動揺など疑問は山ほどあった。

それなのに何も聞くことができず、牟田はカップに口をつける。深い焙煎の香りを漂わせ、熱々の珈琲が喉の奥に落ちていく。

この時点で牟田は、ストーカー騒動は自分と無関係になったと思っていた。しかし牟田は今後、より深く事件に関わっていくことになる。

5

牟田は学食で一人、ナポリタンスパゲッティをすすっていた。席にはたくさん空きがある。一緒に食べる予定の友人は寝坊による自主休講だと連絡があった。

学食のナポリタンは麺《めん》が柔らかく、玉ねぎとピーマンがざくざくした歯触りだ。焦がし気味のケチャップの芳《こう》ばしさと油っぽさが絶妙のバランスを保っている。牟田は本格派のイタリア料理に目がないが、日本生まれの伝統的なスパゲッティも好みだった。

ストーカー騒動が一段落してから一週間が経過した。亜梨朱と由美が説明して回ったおかげで多くの友人から謝罪を受けた。一部は牟田を犯罪者扱いしたことなど忘れたかのように振る舞った。自分は騙《だま》された被害者だと言い張るものもいた。疎遠《そえん》になった友人もいたが、縁の切れ目だったと割り切ることにしている。

「ほんと、亜梨朱は人騒がせだったよね」

知った名前が耳に飛び込んだ。背後を窺《うかが》うと、女子四人がテーブルを囲んでいる。こちらに背を向けて座る由美を発見し、牟田は気づかれないよう正面に向き直った。冤罪は解決したとはいえ、由美とは気まずいままだ。

「目撃した相手が別人だったとかあり得ない」

ないようだ。


「普通ストーカーを見間違えないよね」

一旦《いったん》気になると、喧噪《けんそう》のなかでも耳が会話を拾ってしまう。女子学生たちはストーカーを別人と勘違いしたことが信じられないらしい。亜梨朱を批難《ひなん》する声に由美は加わっていないようだ。

「由美も訂正に付き合わされて迷惑だよね」

「大袈裟《おおげさ》に騒いだのは私だから」

「友達を想ってのことなんだから仕方ないって」

由美の声に牟田を責めた際の元気はない。会話は亜梨朱の悪口に流れていった。

「亜梨朱は顔がいいから、守ってもらえるのが当然と思ってるんだよ」

「でも実は大学デビューらしいよ。入学直後は野暮《やぼ》ったい服を着て、教室の隅《すみ》で誰とも喋れなかったって、前に飲み会で自分から言っていたな。確かに一年の最初の頃の亜梨朱の記憶が全然ないし」

「どんだけ空気だったんだろうね。今もメイクで誤魔化《ごまか》してるし。どれだけ芋《いも》っぽかったのかマジで気になるわ」

不快な会話から離れようと思った。学食は徐々に人が増えていたが、一人分の席ならまだ空きがある。牟田が腰を浮かせると由美の声が聞こえた。

「別に前の亜梨朱も変じゃなかったよ。本人にはコンプレックスらしいけど、黒髪と眼鏡が似合っていて可愛かったから」

一瞬の沈黙の後、取り繕《つくろ》うように他の女子が喋った。

「確かに、そういう清純そうな格好が似合うかもね。そういえば駅前にできた雑貨屋がベーシック系で可愛くてさ」

話題がファッションのことに移ったので、牟田は元の席に座り直してフォークを動かした。冤罪は牟田だけでなく、由美たちの人間関係にも影響を及ぼしたらしい。誰かを犯人だと糾弾する行為は、間違いだったときに大きなリスクを伴《ともな》う。だからこそ疑った側は冤罪だったと認めるのが困難なのだろう。混雑の増した学食の喧噪で、由美たちの会話は聞こえなくなった。

夜九時半の駅前に、酔っ払いや帰宅途中の会社員が行き交っている。牟田が友人と軽く飲んだ後に改札へ向かっていると、亜梨朱が人混みを縫うようにこちらに向かってきた。

「鈴木さん」

「きゃっ」

声をかけると亜梨朱は悲鳴を上げ、牟田の顔を見て恥ずかしそうに笑った。

「あっ、牟田くん。こんばんは」

ハンカチを返して以来、挨拶をするくらいの仲になっていた。だが不用意に声をかけたのは失敗だった。不審者の正体がわからない以上、亜梨朱は今でも恐怖に晒《さら》されている。

「これから帰り？」

「暗くなる前に帰りたかったけど、高校時代の友達と話が盛り上がっちゃったんだ。こういう軽率《けいそつ》な行動のせいで不審者に狙われるんだよね」

コンビニ店内の白色蛍光灯《けいこうとう》が路上まで明るく照らしている。近くを大柄な男性が通りすぎる。それだけで、亜梨朱は身を強張らせた。

「僕でよければ自宅近くまで送ろうか」

亜梨朱が驚いた様子で両手を横に振った。

「私にそんなことをしてもらう資格はないよ」

「資格なんて必要ないって」

「ありがとう。それじゃ、お言葉に甘えていいかな」

亜梨朱の瞳が潤《うる》んで光る。牟田はうなずき、並んで亜梨朱の自宅に向かった。

牟田の無実が判明してすぐ、亜梨朱は警察に相談した。だが対応した年配の男性警察官は、勘違いだとか、亜梨朱にも隙があったのではないかとか、若い女の子だから仕方ないなどと言ったらしい。今時そんな警察官がいることが驚きだった。

警察は過去に何度もストーカーへの対応で失敗を犯している。相談を軽視した結果、殺人や傷害に発展したのだ。事件は大きく報道され、社会問題にもなっている。警官の大半は真摯に対応してくれるはずだが、どの組織でも問題のある人間はいるのだろう。

商店街を抜けると路地は一気に暗くなる。亜梨朱の横顔を自動販売機の明かりが照らした。亜梨朱が不安そうに訊ねてくる。

「あのさ。牟田くんへの誤解は、ちゃんと解けているかな」

「鈴木さんたちが訂正してくれたおかげで、もう問題ないよ」

「よかった。心配だったんだ」

亜梨朱が胸に手を当てて息を吐いた。本音《ほんね》をいえば人間関係が完全に元通りになったとは言い難《がた》いが、亜梨朱たちの努力は伝わっている。小さな嘘くらいは必要だろう。

突然、亜梨朱が立ち止まる。この先で不審者の急襲を受けて怪我をしたのだ。進路を変え、遠回りだが明るい道を選ぶ。十数メートル進んだ交差点で亜梨朱が立ち止まった。

「ここで大丈夫だよ。今日はありがとう」

先に数棟のマンションがある。どれかが自宅なのだろう。帰宅中の亜梨朱はずっと、御守りみたいにスマホを強く握りしめていた。

「不審者を捕まえよう」

「え……」

怯える亜梨朱の姿を見て、今のままではいけないと思った。

「このままじゃ鈴木さんは安心できない。不審者のせいで、普通に暮らせないなんて絶対におかしい」

不審者への怒りが心にわき上がる。亜梨朱は困惑した様子だ。

「でも、どうして牟田くんがそこまで」

「僕の濡れ衣も元をたどれば、その不審者のせいだからね。捕まえてやりたいと思っているんだ」

「……ありがとう」

亜梨朱は涙ぐみ、指で目元を拭った。具体的な計画は後日決める約束をしてその場は別れた。すぐに亜梨朱から無事に部屋に入ったという連絡がスマホに届く。牟田は周囲に目を配りながら来た道を戻ったが、怪しい人影は見つからなかった。

6

まずは亜梨朱に犯人候補を挙げてもらった。牟田をストーカーだと思い込んだせいで、他の可能性を考慮していなかったのだ。

恋愛関係の拗《こじ》れを疑ったものの、亜梨朱が異性と交際した経験は高校時代に一度きりだった。その相手は現在、遠く離れた故郷で公務員をしていた。

意外なことに、亜梨朱に現在交際相手がいなかった。イケメンの彼氏の噂は間違いだったらしい。入学後に四人の男性から告白されていたものの、不審人物が目撃された時間帯に全員のアリバイが証明できた。

質問して回るのは大変だったけれど、全員が同じ大学の学生だったため時間はそれ程かからなかった。牟田の冤罪騒動を知っていたようで、そのおかげなのか全員が素直に答えてくれた。

面識のない人間がストーカーになる可能性もあるが、探しだすのは困難になる。手掛かりを失った牟田は同意のもと、夜に帰宅する亜梨朱を遠くから見守ることにした。傍目《はため》では牟田が不審者だが、他に捕まえる方法が思いつかなかった。


衣装ケースから出したばかりの厚手のジャケットは防虫剤の香りがした。この秋一番の寒波が関東を覆い、空気は冬の気配を纏《まと》っていた。

五十メートル先を亜梨朱が歩いている。月を雲が遮《さえぎ》るせいで夜道は暗かった。時刻は七時半、民家からカレーの匂いが漂っていた。牟田の予定が空いている日に限るためまだ二回目の見守りだが、怪しい人影は見つからない。

亜梨朱が自宅マンションの前に到着する。五階建てで真新しく、警備会社のロゴマークが目立っている。防犯カメラも設置されているため、安全面では問題なさそうだ。

その時、二人組が亜梨朱に近づいた。マンションのエントランスにいたらしい。

牟田はとっさに駆け出す。「鈴木さん！」と叫ぶと、亜梨朱が怯えた様子で振り向いた。若い女性と中年男性の二人組が身構える。どちらもスーツ姿で、警戒する姿勢が堂に入っていた。牟田が亜梨朱の前に立ち塞がると、女性が言った。

「あなたは？」

「鈴木さんの友達です。そっちこそ誰ですか」

二人組が構えを解《と》き、胸ポケットから革の手帳を出した。

「突然申し訳ありません。私たちは警察の者です。部屋番号を押すのが見えたのですが、鈴木亜梨朱さんで間違いありませんか？」

亜梨朱が不安げにうなずく。二人が名刺を出すと、最寄《もよ》りの警察署の名前と捜査二課という所属、そしてそれぞれの名前が書かれてあった。

「鈴木亜梨朱さんにお話を聞きたいのですが、お時間をいただけますか？」

松下育美《まつしたいくみ》という名前の女性は、立《た》ち居《い》振る舞いが丁寧《ていねい》だった。

「ストーカーの件ですか？」

「……立ち話は近所迷惑かと思いますので、お部屋で話すのはいかがですか」

「部屋で？」

松下の態度は穏《おだ》やかだが、有無《うむ》を言わさぬ口調だ。マンション前で警官と話していたら、妙な噂が立つかもしれない。だが部屋に上げるのも抵抗があるはずだ。牟田は迷った末に小さく手を挙げた。

「鈴木さんが嫌じゃなければ僕も立ち会おうか」

「ありがとう。牟田くんがいてくれると心強いよ」

松下は同僚の刑事と顔を見合わせる。強面《こわもて》の中年刑事は仏頂面《ぶっちょうづら》で口数が少なく、亜梨朱や牟田に向ける視線が鋭かった。

「私どもは構いませんが」

松下はどこか不満げな様子だった。

オートロックを解除し、四人でマンションに入る。エレベーターで移動し、亜梨朱は四階にある一室のドアを開けた。牟田なら他人を家に上げるのに十五分の片付けを要するが、亜梨朱はすぐに部屋へと案内した。

ワンルームの部屋は綺麗《きれい》に片付き、お香らしき残《のこ》り香《が》が漂っていた。カーテンやクッションなどが明るい暖色系で統一され、ファッションやメイク関連の雑誌が本棚に差し込まれている。中央のテーブルの周《まわ》りに男女四人が窮屈《きゅうくつ》に腰を下ろす。正座をした松下が亜梨朱に訊ねた。

「本題の前に恐縮ですが、ストーカーの件とは？」

牟田と顔を見合わせてから、亜梨朱は不審者の件、そして警察に相談済みであることを伝える。刑事たちの表情が険しくなり、話が終わると揃って頭を下げた。

「杜撰《ずさん》な対応を謝罪します。本来なら情報を共有した上で訪問すべきでした。当該部署に連絡し、厳《きび》しく注意します」

「お願いします」

亜梨朱は不服そうだ。一度抱いた警察への不信感を払拭《ふっしょく》するのは難しいのだろう。松下が手帳とペンを手にした。

「今日伺《うかが》ったのは、振り込め詐欺についてです。実は最近この近辺で発生した事件で、鈴木亜梨朱さんの学生証が何度か使用されているのです」

「私の学生証が?」

亜梨朱が口元に手を当てる。松下によると、ここ二ヶ月の間に振り込め詐欺が管轄《かんかつ》内で頻発《ひんぱつ》していた。どれも家族を装《よそお》って電話をかけ、金を出させる典型的な手口らしい。そのうち何件かで若い女性が金を受け取りに来ていたというのだ。

振り込め詐欺で金を受け取る人物を〝受け子〟と呼ぶ。若い女性の受け子は、学生証を提示することで被害者を信用させていた。その学生証が亜梨朱のものだったのだ。

「鈴木さんの通われる大学は優秀ですから、知名度を利用したのでしょう」

「申し訳ありません。実は先月、学生証を失《な》くしているんです」

亜梨朱は先月、財布から学生証が消えていることに気づいた。慌《あわ》てて探したが結局見つからなかったという。大学に再発行の申請をしたが、警察に遺失物届は出さなかった。

亜梨朱の説明を受け、松下は穏やかな口調で訊ねた。

「詐欺被害者の証言では、学生証の写真と受け子の女性は同一人物に見えたそうです。ということは鈴木さんによく似た人物が受け子である可能性があります。ただ、受け子の女性の特徴は、今の鈴木さんご本人とだいぶ異なります。失礼ですがマンション前でお声をかけた際も、一瞬別の方かと思いました」

「それは」

亜梨朱が気まずそうに顔を逸らすと、男性刑事が低い声で言った。

「言いにくいことでも?」

亜梨朱の表情に怯えが差す。硬軟《こうなん》織《お》り交《ま》ぜた聞き方で事情を引き出すつもりらしい。牟田は話に割り込むべきか迷ったが、その前に亜梨朱が躊躇《ためら》いがちに口を開いた。

「学生証の写真は今と印象が違うかと思います。入学当時は黒縁《くろぶち》眼鏡と黒髪で、メイクも全然してなかったですから」

「当時の写真はお手元にありますか?」

「お待ちください」

亜梨朱がスマホを操作し、刑事に手渡した。牟田は視線を外す。

「ご協力感謝します」

松下がスマホを返した。その後も質問を続けて、最後に、再発行された学生証を確認して、刑事たちは引きあげていった。

ドアが閉まると、牟田と亜梨朱は同時に息を吐いた。現役刑事との会話は人生で初めてになる。亜梨朱は鍵とチェーンキーをかけ、胸元で震える手のひらを握りしめた。

「犯人だと疑われているのかな」

「学生証の再発行の記録は、大学にも残っているから大丈夫だよ」

「ありがとう。今日はすごく助かった」

亜梨朱に涙目で見上げられ、夜に女性の部屋で二人きりという状況に気づく。

「せっかくだしお茶を淹《い》れるね」

「うん、ありがとう」

牟田は努めて動揺を抑《おさ》えて答えた。リビングに座り直すと、亜梨朱がティーポットとクッキーを運んできた。カップの中身は紅茶で、心地《ここち》良い甘みと渋みを感じる。亜梨朱も口をつけてからカップをソーサーに置いた。

「刑事さんに話した通り、私は大学デビューなんだ」

亜梨朱が牟田にスマホを差し出した。ディスプレイに眼鏡の女性が表示されている。黒髪で化粧気《けしょうけ》もないが、顔立ちは間違いなく鈴木亜梨朱だった。

「引っ込み思案な性格で、入学直後は誰とも話せなかった。あの時期の私のことを、きっと誰も憶えていない。でも、それじゃ駄目だと思ったんだ」

亜梨朱は一念発起《いちねんほっき》して生まれ変わる決意を固めた。アルバイトをしてコミュニケーション力を高め、お金を貯《た》めてファッションやメイクを研究したという。部屋に置かれたファッション誌には大量の付箋《ふせん》が貼ってあった。

「そのおかげで友達は増えたけど、明るすぎる子の前だと今でも萎縮しちゃうんだ。由美ちゃんだけは不思議と気が合って、自然な自分を出せるけど」

優しく綻《ほころ》んだ亜梨朱の口元が、急に引き結ばれた。

「……牟田くんは、由美ちゃんのこと怒ってる？」

「鈴木さんを想っての行動だから気にしていないよ」

「良かった。由美ちゃんは誤解されやすいから」

亜梨朱が目を細め、クッキーに手を伸ばした。

「一見気が強そうだけど、本当はすごく臆病《おくびょう》なの。私が背中を押すことも多いし、相手に威圧《いあつ》されるとすぐに凹《へこ》んじゃうの。普段は虚勢《きょせい》を張っているだけなんだ。いざというときは私が支えてあげないとって勝手に思ってる」

優しげな表情から、由美への気持ちが感じられた。そこでまた亜梨朱の表情が曇る。

「実は今回の件で由美ちゃんと気まずいんだ。私のせいで迷惑をかけちゃったから。それに少しだけ心配なことがあるの」

亜梨朱の心配事とは、由美の従兄の渚についてだった。先日の話し合いの場に現れた羽《は》振《ぶ》りの良さそうな青年だ。

渚は由美と行動を共にすることが多かった。渚の実家は裕福で、高級外車や腕時計などは仕送りから購入しているという。だが亜梨朱の目には金遣いが過剰に思え、不安になってくるのだそうだ。

「由美ちゃんは渚さんに逆らえない様子なんだ。仲良しの従兄だと話していたけど、私には上下関係があるように見える。それに渚さんって押しが強くて、少し苦手で。この前の喫茶店だって、呼んでいないのに強引に同席したんだから」

「確かに渚さんの前では、北川さんは緊張していたかも」

「由美ちゃんはどこか渚さんに怯えているの」

ただの従兄妹《いとこ》同士ではないのだろうか。亜梨朱が困ったように笑う。

「人の悪口なんて気分良くないよね。引き止めてごめん。今日は本当にありがとう」

「お役に立てて何よりだよ」

亜梨朱は玄関先まで見送ってくれた。外に出ると、雲が流れ、円に近い月が周囲を明るく照らしていた。肌寒い空気の下で深く息を吐く。女性と二人きりになるのは、刑事と対面するのと同じくらい緊張した。衣服についたお香の残り香がふわりと漂う。駅へと歩き出した牟田はふと背中に視線を感じた。

振り向くと近くの交差点で、誰かがブロック塀の陰に引っ込んだ。牟田は駆け出す。一瞬見えた顔は眼鏡をかけていた。交差点を曲がると、男が背中を向けて走っていた。

「待て！」

追いかけながら叫ぶと男が振り向いた。月明かりに照らされた男はやはり眼鏡を装着している。やみくもに角を曲がるが、牟田のほうが俊足らしく距離が縮まっていく。何度目かの曲がり角の先で男が立ち止まった。道の先はコンクリートブロックの袋小路だ。牟田は息切れしながら、十五メートルほど先の男に告げた。

「お前が鈴木さんのストーカーか」

「何を言ってるんだ。あんなクズをストーカーするわけないだろ」

男が怒鳴り返してくる。クズとはどういう意味だろう。雲が月を隠し、姿が闇に紛《まぎ》れる。不審者に見覚えがある気がした。しかし思い出す間もなく、相手が拳《こぶし》を振りかぶって駆け寄ってきた。動作が大きいため何とかパンチを避け、牟田は不審者に突進する。相手はタックルを受け止め、牟田は地面にあっけなく放り投げられる。

何とか起き上がると眼前に靴が迫っていた。両腕で防ぐがはじき飛ばされ、牟田は後頭部をアスファルトに打ちつけた。

目の中に火花が飛ぶ。次に腹を踏みつけられ、防御のため丸くなると側頭部を蹴《け》られた。眼鏡がはじけ飛び、意識が朦朧《もうろう》とする。

直後、女性の怒鳴り声が耳に届いた。

「警察です。今すぐやめなさい！」

牟田がまぶたをこじ開けると、袋小路がライトで照らされた。声は松下刑事のようだが、眼鏡がないせいで視界がぼやける。不審者が松下の脇を走り抜けようとする。行く手を遮る松下に不審者が拳を振るった。

次の瞬間、不審者の身体が跳《は》ね飛んだ。松下が背負い投げで不審者を背中から地面に叩きつけたのだ。さらに腕を素早くひねり上げた。

「大丈夫ですか？」

男性刑事から手を差し伸べられ、全身の痛みに耐えながら立ち上がる。溜《た》まった唾を吐き出すと、大量の血が混じっていた。眼鏡を拾い上げると、幸い壊れていないようだ。再び周囲が月明かりに照らされ、組み伏せられた不審者の顔が闇夜に浮かび上がる。

「……あっ」

改めて間近で見て思い出した。一度だけ顔を合わせたことがある。不審者の正体はボランティア作業に参加していた造園業者の息子だった。

7

タヴェルナ・イルソーレのランチタイムは午後二時半に終了する。ディナー開始の五時半までは休憩時間だが、祁答院の計らいで特別に使わせてもらうことになった。ランチの片付けを済ませ、テーブル席にビスコッティやアマレッティなどのお茶菓子を並べる。それから紅茶やコーヒー、エスプレッソを用意する。

本日はストーカー事件解決の打ち上げ兼説明会だ。祁答院が顚末《てんまつ》を知りたいと希望したのだ。顔ぶれは牟田と紗雪、祁答院、そして意外な人物も参加していた。

「松下さんが遠藤さんと知り合いとは意外でした」

非番だという松下育美刑事がエスプレッソに砂糖をたっぷり入れた。紗雪はレモンティーと焼き菓子を楽しみ、祁答院はブレンドコーヒーを飲んでいる。

「紗雪ちゃんとは古くからの知り合いなんだ」

「逮捕したのが育美さんだと知って驚きました」

二人は愉快《ゆかい》そうに視線を交わし合う。松下が大学生、紗雪が小学生の頃からの仲らしい。牟田が熱々のカプチーノに口をつけると傷に染みた。

造園業者の息子である丘嶋大樹の逮捕から三日が経過した。牟田は念のため病院で検査を受けたが、打撲《だぼく》と擦過傷《さっかしょう》だけで脳波や骨に異常は見つからなかった。

牟田を救ったのは亜梨朱だった。牟田が大樹を追いかける様子を窓から見ていたのだ。松下に電話をかけると幸いまだ近くにいたため、駆けつけて牟田を探した。そして路上で一方的に暴力を受ける姿を発見し、丘嶋を暴行の現行犯で逮捕したのだ。

「丘嶋大樹は取り調べで亜梨朱へのつきまといを認めた。ただし動機はストーカー行為ではなく振り込め詐欺だったんだ」

ストーカー騒動には、松下が捜査していた詐欺事件が大きく関わっていた。被害者の一人に大樹の祖母が含まれていたのだ。

先月、大樹の祖母に一本の電話がかかってきたという。電話の主は振り込め詐欺の犯人で、祖母は大樹が喧嘩《けんか》で相手に大怪我をさせたという嘘に騙されてしまう。相手が有名大学に通うエリートだと聞かされ、余計に焦ったという。自宅を訪問した若い女性に三百万円を手渡し、数時間後に帰宅した大樹によって詐欺だと気づかされることになる。

「問題は二人が事件を通報しなかったことなの。丘嶋大樹の父である丘嶋造園の社長は強権的で、家族に暴力を繰り返していた。妻ともＤＶが原因で離婚しているの」

騙された事実を知られれば暴力を振るわれる。発覚を恐れた丘嶋は、祖母のために金を取り返そうと考えた。

受け渡しの際に、受け子は身分証として有名大学の学生証を提示していた。祖母は気が動転した状況でも、鈴木亜梨朱というありふれた苗字《みようじ》と変わった名前の組み合わせを記憶していた。丘嶋は密かに調査を進め、ついに本人にたどり着く。

「丘嶋大樹は亜梨朱を尾行し、祖母に確認してもらうため顔写真を撮影したの。接近して撮影した写真以外に、遠くからズーム機能で隠し撮りもしていたそうよ」

「今の鈴木さんは、学生証の写真と印象が違います。それなのになぜ丘嶋さんのおばあさんは、金を渡した人物だと断定したのでしょう」

牟田が疑問を挟む。孫から盗撮写真を見せられた祖母は、受け子と同一人物だと答えたらしい。紗雪がアマレッティをサクッとかじる。

「犯行に他人の学生証を利用する以上、写真とある程度似ていた顔立ちだったはずだよ。加えて孫が苦労して得た情報だから間違いない、という先入観が働いたのかもしれない」

さらに丘嶋の祖母は視力が衰えていた。遠距離からの不鮮明な画像と不意打ちに驚いた表情では、そもそも確認がむずかしかっただろう。様々な要因が重なり、丘嶋は亜梨朱が詐欺グループの一員だと信じ込んだ。

松下がナッツたっぷりのビスコッティをエスプレッソに浸《ひた》した。

「丘嶋大樹は受け子を特定したと信じたにもかかわらず、警察に通報しなかった。詐欺事件では現金が裏社会に流れ、被害者の元に戻らないと知っていたの。だから詐欺の証拠を握って脅《おど》すことで金を取り返そうと画策《かくさく》したそうよ」

丘嶋は尾行を繰り返したが、なかなか証拠をつかめない。父親の命令でボランティアに強制参加させられたことで時間も取りにくくなった。

そんな折、丘嶋の父が資金繰りの金が必要だと言い出した。祖母が家の金を騙し取られたと知られることを怖れた丘嶋は、直接行動に出た。しかし亜梨朱が転んで怪我をしたことに驚いて、その場を立ち去ることになる。

父親に知られるタイムリミットが刻一刻と迫る中、亜梨朱が怪しい一団とマンションに入るのを目撃する。

スーツ姿の男女と若い男性という組み合わせを、丘嶋は詐欺グループだと思い込んだ。そこで一番弱そうな牟田に目をつけたが逆に追いかけられ、反撃に転じたというのだ。

「質問なんだけど、丘嶋という犯人と牟田くんは似ているの？」

ドルチェ用の業務用チョコレートの余りをかじっていた祁答院が手を挙げる。イタリア産のＤＯＭＯＲＩというメーカーの品で、牟田は詳《くわ》しく知らないが高級品らしかった。

「写真があります」

牟田はスマホを操作し、画面を祁答院に見せた。ボランティア団体が活動記録として撮影し、ＳＮＳにアップした写真だ。丘嶋の逮捕を受けて現在は削除されている。

「完全に別人じゃん」

祁答院が目を丸くする。背格好や髪型は似ているが、顔立ちは完全に違っている。共通点は青色眼鏡くらいなのに、亜梨朱は丘嶋と牟田を見間違えたのだ。

「同じような冤罪事件なら海外で事例があるよ。詐欺で女性が逮捕されたけど、後に冤罪だと判明した。真犯人が見つかったら見た目は全くの別人で、共通点は体格と女の子連れだったことだけ。数点の特徴さえ合致すれば、誤認の可能性は生まれるの」

「怖いなあ」

祁答院が不安そうにつぶやく。

ボランティアの終わりにも、実は同じことが起きていた。友人が大樹に話しかけていたが、後日確認すると背格好と眼鏡から牟田だと勘違いしていたというのだ。

「丘嶋大樹は反省した態度を見せていて、現在は釈放されているよ。詐欺事件も詳細は伏せるけど、捜査が進んで逮捕間近なんだ」

松下が言う。亜梨朱へのつきまといは許されざる行為だし、牟田への暴力は明確な犯罪だ。しかし丘嶋もまた詐欺で人生を狂わされた一人なのだ。

茶菓子が尽き、祁答院が厨房からティラミスを運んできた。上質なマスカルポーネチーズを使った店自慢の特製デザートである。スプーンで口に運ぶと、コーヒーの苦みとマスカルポーネのまったりとした甘さが舌に広がった。ココアパウダーの香りやカスタードのコクが渾然《こんぜん》一体になっている。店の一番人気のデザートだけはある味わいだ。

「さてと、私はそろそろお暇《いとま》するね」

松下が大あくびをする。詐欺の捜査に丘嶋の事件の処理も加わり、署に連日泊まり込みだったらしい。今日も署から直行だったこともあって、ひと足早く店から出て行った。

牟田がティラミスを堪能《たんのう》していると、隣に座る祁答院が二の腕を肘《ひじ》でつついてきた。

「ところで例の子と進展はあったの？」

「刑事さんの聞き込みに立ち会っただけですから」

丘嶋の逮捕を受け、亜梨朱の日常には平穏が戻ったようだ。ただ事情聴取や怪我の治療で忙しかったせいで、あれ以降一度も会っていない。

「でも今日、鈴木さんからメッセージで相談を受けました」

「ほほう。お姉さんに教えなさい」

祁答院が顔を近づけ、紗雪も興味深そうに椅子を寄せてきた。

「最近北川さんが大学に来てなくて、連絡しても返事がないみたいなんです」

北川由美から四日間も返信がないのは初めてらしい。

「鈴木さんは入学直後、見た目が垢抜けなかったそうなんです。引っ込み思案な性格もあって、知り合いさえ一人もできなかったと本人が言っていました。学食で友達らしき女子たちも、一年のときのことを全く覚えていない、どんだけ空気だったんだよとかって笑っていました。でもその場にいた北川さんだけは、昔の姿も悪くなかったってかばっていました。事件のせいで気まずいらしいですけど、二人には仲良しであってほしいです」

「……ん？」

紗雪がなぜか首をひねる。そのときスマホに亜梨朱からのメッセージが届いた。文面を読んだ牟田は顔をしかめた。祁答院が訊ねてくる。

「どうかした？」

「鈴木さんに北川さんから返事があったのですが、奇妙な内容だったようです」

転載された文面を紗雪たちに見せる。

『ごめん。全部私のせいだった。私はもう亜梨朱と友達じゃいられない』『全部決着をつけてから説明する』

由美に電話をかけたが繋がらず、メッセージも既読にならないらしい。

「鈴木さんは今から、北川さんの自宅マンションに向かうそうです」

紗雪が牟田のスマホを覗き込む。

「昔の亜梨朱ちゃんの地味な姿は、まず誰も憶えていないんだよね。それならどうして北川さんは知っていたの？」

「それは……」

牟田が返事に窮していると、紗雪が指示を出してきた。それは過去の地味な姿の写真を由美に見せたことがあるか、亜梨朱に質問してほしいという内容だった。

なぜそんなことを聞くのか疑問だが、紗雪に急《せ》かされてメッセージを送る。すると亜梨朱からすぐに、由美にも見せていないと返事が届いた。またイメージチェンジする以前、由美とは一切交流がなかったという。紗雪が勢いよく席を立った。

「急いで亜梨朱ちゃんに合流しよう。それと亜梨朱ちゃんに先走って北川さんの家に一人で入らないよう、連絡してもらえるかな」

「わかりました」

紗雪の意図はわからないが、説明する時間がないくらい急を要するのだろう。

亜梨朱に連絡し、由美の自宅マンションの場所を教わる。亜梨朱はマンションに向かっている最中らしい。

仕込みのある祁答院に見送られ、牟田たちは駅まで走った。ホームに到着し、滑《すべ》り込んできた電車に乗る。牟田は息を切らせていたが、紗雪は平然としていた。

「どうしてこんなに急ぐんですか？」

「北川さんが亜梨朱ちゃんの入学直後の姿を知っていた理由が気になったんだ」

「たまたま見かけて、憶えていただけでは？」

電車は速度を上げ、車窓を見慣れた街並みが流れていく。

「その可能性も充分あるけど、紛失した学生証を北川さんが見た可能性も高いと思ったんだ。そこにきて、あの不穏なメッセージが届いたから」

由美が盗んだと考えているのだろうか。亜梨朱の学生証は詐欺に利用されているので、由美が事件に関与したことになる。

電車の速度をじれったく感じながら、目的の駅に到着する。教わった番地の地図をスマホに表示して再び駆け出した。紗雪の走りは軽《かろ》やかで、牟田は引き離されないように必死になる。

赤茶色の外壁のマンションの入口に亜梨朱が佇《たたず》んでいる。紗雪が来たことに戸惑《とまど》いを見せつつ、亜梨朱は建物を指差した。

「三階の角部屋が由美ちゃんの部屋です。窓が開いているから部屋にいると思います」

階段を駆け上がり、由美の部屋のドアの前に立つ。チャイムを押す直前、部屋の中からガラスの割れる音が聞こえた。

ドアを引くと施錠《せじょう》されていなかった。続けて女性の叫び声が響く。

「お願い、もうやめて！」

由美の声だ。亜梨朱が部屋に上がり込もうとするのを牟田が制止する。

「二人はここにいて」

土足のまま上がり込み、廊下を走り抜けてリビングのドアを開ける。

渚が肩で息をしていて、座り込んだ由美の鼻から血が流れている。ビール缶が床に転がり、中身がこぼれていた。渚が牟田を見て叫んだ。

「おい、何を勝手に上がり込んでるんだ」

目を血走らせた渚が迫り、拳が牟田の頬に叩きつけられる。牟田は倒れ込み、口のなかに血の味が広がった。追撃を警戒したが、渚は玄関方向に注意を向けていた。部屋に入ってきた紗雪が凛とした声で告げる。

「警察を呼んだから観念しなさい」

「次から次へと何なんだよ」

渚が怒りの形相で、今度は紗雪に殴《なぐ》りかかった。牟田は何とか起き上がって全力で突進し、渚を壁に押しつけた。しかし足を払われ、牟田は派手に転倒する。棚の化粧品が吹き飛び、眼鏡が外れて宙を舞った。渚が再び紗雪に襲いかかる。

「危ない」

叫んだ直後、渚の身体が宙を舞う。一瞬の出来事だった。紗雪は振り下ろされた拳に合わせて身体を少し動かしただけだ。最小限の体捌《たいさば》きで、渚は床に叩きつけられる。苦しそうな渚の腕を紗雪がひねり上げ、うつぶせに押さえつけた。

「放せ」

「暴れると折れるよ」

紗雪が身体をひねっただけで渚が悲鳴を上げる。亜梨朱がハンカチを手に鼻血を流す由美に駆け寄った。由美はハンカチを当てられながら、亜梨朱に謝罪を繰り返す。

牟田は眼鏡を拾い、血の味のする唾を飲み込んだ。渚は汚い言葉を繰り返している。遠くから紗雪が通報したらしいパトカーのサイレンが近づいてきた。

8

秋の太陽が柔らかく地面を照らしている。ベンチに座ってコンビニで買った厚切りベーコンのペペロンチーノの蓋《ふた》を開けると、ニンニクと燻製《くんせい》の香りが広がった。フォークを袋から出し、パスタを口に入れたところで目の前に誰かが立った。

「本当にイタリアンが好きなんだなあ」

茶色のセーターにデニムのロングスカートの紗雪が立っていた。小脇に本を抱え、牟田の隣に座る。パスタを咀嚼《そしやく》すると口のなかに鋭い痛みを感じた。紗雪が心配そうに覗き込んでくる。

「まだ痛むんだね」

「同じような箇所《かしよ》を立て続けに殴られましたから」

怪我から一週間経過し、北川渚は詐欺罪と暴行罪で逮捕された。牟田の周辺は事情聴取や取材の申し込みで一時期騒がしかった。

渚は大学生ながら高価な自動車やブランド品を多く所持していたが、振り込め詐欺で手に入れた金で購入していたことが捜査によって判明した。

実家が裕福で高額の仕送りを受けていた渚は、贅沢《ぜいたく》な暮らしを続けるためさらに金が必要となった。そこで振り込め詐欺を思いついたと自供した。

渚は受け子の信頼性を上げようと考え、従妹の通う大学の知名度に目をつけた。そして由美の友人である亜梨朱が、数多くいる交際女性の一人に似ていることに気づく。渚は由美に、亜梨朱の学生証を入手するよう命令した。

由美は最初断るが、渚の高圧的な脅迫に屈してしまう。罪悪感を抱きながら、亜梨朱の学生証を盗み出した。

渚は交際女性に学生証の写真に似せた格好で詐欺に協力させた。顔立ちが似ているため変装は効果を発揮《はっき》し、数件の振り込め詐欺に成功した。丘嶋家以外でも似たような手口を繰り返していたようだ。

亜梨朱と渚らしき男が交際しているという噂が一部で流れていた。あれは亜梨朱と顔の似た女性が、渚と一緒にいるのを目撃した人の勘違いだったようだ。

由美は学生証の窃盗《せっとう》を後ろめたく思っていたが、詐欺に悪用されたとは知らなかったと供述《きょうじゅつ》しているという。渚の派手な金遣いも、投資の成功という言い分を信じた。最悪の状況から目を逸らしたかったのだろう。

しかし丘嶋の逮捕によって、亜梨朱の学生証が詐欺に利用されたことを知る。由美は従兄が犯罪に手を染めている事実と、亜梨朱を巻き込んだことに苦悩し、渚を説得することを決意する。

由美は最初、渚の部屋で話し合う気でいた。しかし渚が拒否したため由美のマンションで会うことになった。実はその時点で詐欺事件の捜査が大詰めだった。渚は逮捕目前であると直感し、自宅マンションに戻ることを避けていたのだ。

由美は渚との対決を前に、恐怖で耐えきれなくなる。そこで親友にメッセージを送ることで腹をくくろうとした。亜梨朱は以前、本当の由美は臆病だと話していた。

由美は渚に自首を勧めた。しかし追い詰められていた渚は、耳を貸さず、由美に暴力を振るう。牟田と亜梨朱の話し合いに同席したのも、警戒心からの行動らしかった。

その後、マンションに駆けつけた紗雪が渚を制圧した。到着した警察官に引き渡し、事件は無事に解決する。共犯者も全員逮捕されたらしい。

牟田は週刊誌の記事で、受け子の女性の写真を確認した。顔の輪郭や目鼻立ちはかなり似ていた。髪型や眼鏡を合わせれば、学生証の亜梨朱になりすますのは簡単だろう。詐欺の計画自体が、亜梨朱と受け子の女性が似ていたから発案されたのかもしれない。

由美は共犯者として疑われ、警察から執拗《しつよう》に取り調べを受けた。学生証の窃盗は亜梨朱が被害届を出さなかったため事件化されなかった。すぐに解放されたようだが、事件が発覚して以降大学に来ていない。亜梨朱に会うことも拒否し、現在は上京してきた家族が心のケアに当たっているそうだ。噂では退学も考えているらしい。

「遠藤さんが強くて驚きましたよ」

マンションで一方的に暴行されたことで、牟田は無力感を抱いていた。

「中学から合気道を習ってるんだ」

紗雪が手刀《てがたな》を作り、冗談めかして構えを取る。華奢な体軀《たいく》は頼りなげで、とても武道の経験者には見えなかった。

「元気出してね。犯罪者相手に果敢《かかん》に挑む姿は格好良かったよ」

紗雪がベンチから立ち上がると、カールした髪がふわりと跳ねた。それから子供を叱《しか》りつけるときみたいな怒り顔で、牟田に人差し指を突きつけた。

「ただし相手に挑むなら、自分の身を守れるくらい強くなってからにするように」

「わかりました」

「よろしい」

紗雪が微笑みを浮かべながら去っていき、遠ざかる背中を見送りながら食事に戻る。歯切れの良い麵の独特の食感は、コンビニのものでしか味わえない。ベーコンの脂《あぶら》とオリーブオイル、ニンニクの効いた塩味は、脳が直接旨いと感じるようなジャンクな味わいだ。

空の容器をレジ袋に入れ、近くのくずかごに放り込む。ベンチに戻ってペットボトルの水を飲んでいると、ふいに一人の女性が隣に腰を下ろした。

黒色のショートヘアは艶《つや》やかで、病的なほど肌が白い。陶器の人形を思わせる端整な顔立ちとスリムな体型に、黒一色のワンピースとカーディガンが似合っていた。

「あなた、遠藤紗雪と親しいのね」

「はあ」

面識はないはずだ。物覚えが悪い牟田でも一度会えば忘れそうにない美人だった。女性が突然顔を近づけてくる。パスタのニンニク臭が気になった。

「私は環美兎《たまきみと》というの。紗雪について教えたいことがあるんだ」

美兎と名乗る女性が赤い唇の端を釣り上げる。名前に聞き覚えがある気がした。

「遠藤紗雪の父親は人殺しなんだよ」

それだけ言うと、美兎はベンチから立ち上がる。牟田は思い出した。ストーカー事件の調査中、由美が紗雪に電話をかけてきたことがある。そこで紗雪が血相《けっそう》を変えて口走った言葉が、ミトだったはずだ。

美兎が軽やかな足取りで遠ざかっていく。

「待ってください」

追いかけようと腰を上げた牟田の前に、走り込みをするアメフト部の集団が割り込んできた。列はなかなか途切れず、通過した時点で美兎の姿は消えていた。

冷たく強い風が吹き、数枚の銀杏の葉が舞い散った。十一月に入った途端に気温が急に下がった。予報によると今年は、記録的な厳冬《げんとう》になるらしい。

第二話　正しきものは自白する

1

飲み放題のサワーは味が薄く、アルコール度数も低かった。騒がしい店内には、古くなった揚《あ》げ油の臭《にお》いと煙草《たばこ》の煙が充満している。

今日は高校時代の友人との集まりだ。大学入学前の友人は貴重だった。牟田の父親は現役の裁判官だ。裁判官は原則的に三年か四年で転勤になる。長く暮らすと地域との繋《つな》がりが濃くなり、裁判に影響する畏《おそ》れがある。加えて不利な判決を恨《うら》まれることもあり、同じ土地に長く留《とど》めないのだ。

そのため幼少時から引っ越しを繰り返し、小中学校の友人とは自然と疎遠《そえん》になった。だが高校の二年と三年時の友人とは付き合いが続き、親しい顔ぶれの大半が東京近郊に進学したこともあって定期的に顔を合わせている。

斜向《はすむ》かいの席が静かだった。大学でも柔道を続けている橋本高典《はしもとたかのり》が目を閉じ、坊主頭で船を漕《こ》いでいた。強くないのに酒好きで、飲み会では大抵《たいてい》酔い潰《つぶ》れる。店員が客を見送る挨拶《あいさつ》が店内に響く。隣の友人がウーロンハイを飲みながら肩を竦《すく》めた。

「ストレスのせいで余計に酒が進んだのかもな」

「何かあったの？」

「知らなかったのか。同じ大学の映研の備品を壊《こわ》したんだ。弁償《べんしょう》のためにアルバイト三昧《ざんまい》で、その件が原因で柔道部内でも居心地《いごこち》が悪いらしい」

自分の話題が耳に入ったのか、橋本が顔を上げた。あくびをしてからビールジョッキに手を伸ばし、眠そうなまま口をつける。

牟田は噂話《うわさ》を切り上げ、一切れだけ残った薄いピザに手を伸ばす。冷えきったピザは、不思議と安っぽいレモンサワーとの相性《あいしょう》が良かった。

他愛《たあい》ない会話で盛り上がり、終電直前に店を出る。繁華街は極彩色の看板が輝き、風俗の客引きは通行人に無視されている。朝まで飲み明かす連中は通りの奥へ消えていった。

牟田は泥酔《でいすい》する橋本に肩を貸して歩いた。

「平気か。明日も練習だろ」

呼びかけると橋本が坊主頭を重そうに持ち上げた。普段は意志の強さを感じる瞳が、アルコールのせいで虚《うつ》ろだった。

「帰りたくない。大学が怖《こわ》いんだ」

弱々しい声には柔道で培《つちか》った勇ましさが感じられない。

「ドローンを壊していないのに、みんなが俺のせいだと決めつけるんだ」

「詳《くわ》しく聞かせてくれないか」

呼びかけるが反応はなく、立ったままいびきをかきはじめた。筋肉質の身体《からだ》を支えるのも限界が近い。近くの自動販売機の前まで支えて歩き、スポーツドリンクを購入する。橋本を揺さぶると半目を開けたので、ペットボトルを手渡した。

橋本は胸元にこぼしながらも半分以上飲んだ。息を吐くとようやく目の焦点が合い、周囲を見回す。それから「あれ、みんなは？」と不思議そうに首を傾《かたむ》けた。

タヴェルナ・イルソーレに『ニュー・シネマ・パラダイス』のテーマ曲が流れている。テーブル席では客がワインと会話を楽しみ、祁答院《けどういん》は厨房《ちゆうぼう》でデザートを作っていた。

牟田は夜八時に来店した紗雪《さゆき》に、冤罪《えんざい》についてまた相談があると持ちかけた。紗雪はカウンター席で赤ワインを傾けつつ、話を聞いてくれた。

「実は友人が、冤罪の疑いをかけられているんです」

牟田は昨晩、酔いの醒《さ》めた橋本から事件の詳細を聞き出した。

橋本は高校時代に柔道で優秀な成績を収め、今はスポーツ強豪大学の柔道部で厳《きび》しい稽《けい》古《こ》に明け暮れているはずだった。

事件の発端は、先月の十月九日の午前中に起きた。

映画研究会所属の赤沢和彌《あかざわかずや》は、教室内で映画撮影用に最新鋭のドローンを購入したと周囲に自慢していた。興味を抱《いだ》いた橋本はドローンに触《さわ》らせてほしいと頼んだが、赤沢が拒否したため言い争いになる。橋本の説明では赤沢の態度が横柄《おうへい》だったらしい。その後、橋本は夕方四時半から柔道部の練習に参加した。

練習は夜七時に終わった。橋本は親しい部員五名と大学近くの居酒屋に繰り出した。狭いが安い学生御用達《ごようたし》の店で、橋本たちは常連だった。

飲み会は七時半にはじまったが、途中から橋本の記憶は曖昧《あいまい》になる。一緒だった部員の証言では夜九時に一次会は解散となった。参加者は二次会に流れたが、酔っ払った橋本は単独で店を離れた。周囲は心配したものの、泥酔は毎度のことなので放置したという。

橋本が記憶を取り戻したのは下宿先である伯父《おじ》の家だった。従兄《いとこ》が独立して部屋が空《あ》き、大学まで徒歩三十分だったため間借りしていたのだ。

居候《いそうろう》している部屋のベッドで横になっていたが、帰宅までの記憶が一切《いっさい》なかった。橋本は泥酔すると記憶が飛ぶことが多いのだ。

橋本は昼前に起床し、朝の支度《したく》を整えた。そこで手のひらを怪我していることに気づく。さらに愛用の斜《なな》めがけのバッグも消えている。焦《あせ》ったものの、財布《さいふ》と鍵《かぎ》、スマホはズボンのポケットから発見された。するとスマホに大量の着信とメッセージが届いていた。

橋本はメッセージを読んで仰天する。映研のドローンが破壊され、さらに自分に嫌疑がかかっていたのだ。慌《あわ》てて大学に向かうと、映研や柔道部の面々が部室に勢揃《せいぞろ》いしていた。

一同はこの時点で橋本を犯人扱いしていた。橋本は柔道部の監督を中心に、ドローン破壊について問い詰められる。必死に否認するものの記憶がないせいでアリバイが説明できず、加えて赤沢との口論に関しても難詰《なんきつ》された。

執拗《しつよう》な追及に、橋本は追い詰められていく。

「その結果、橋本はドローンを壊したことを認めてしまうんです」

「認めたんなら紗雪に相談する意味ないじゃん」

祁答院が厨房で声を上げる。いつの間にか話を聞いていたらしい。

罪を認めた結果、橋本は約二十万円のドローンを弁償することになった。現在は過酷な練習の後にアルバイトに励《はげ》んでいる。今では柔道部員だけでなく、教室でもまわりの学生から白い目を向けられているそうだ。

「友人として無実を信じたいですが、認めたと聞いて揺らいでいるのも事実です」

紗雪が頬《ほお》を朱に染めながらワイングラスを傾けた。

「無実なのに罪を認めるなんて珍しくない。冤罪の歴史を紐解《ひもと》けば、違法な取り調べによる自白強要はたくさん起きているよ」

「それは拷問《ごうもん》めいた取り調べをしていた大昔の話だよね」

祁答院が眉根《まゆね》を寄せる。近代以前なら暴力による取り調べは横行していただろう。紗雪が鴨肉《かもにく》のハムを咀嚼《そしゃく》して、またワインに口をつけた。

「パソコン遠隔操作事件ってわかるかな」

「一時期話題になりましたよね」

パソコン遠隔操作事件は日本のサイバー犯罪だ。

襲撃、殺害などの予告が掲示板に書き込まれたことから事件ははじまった。警察は書き込みに使用された全てのパソコンを特定し、所持者を複数人逮捕した。だが実際は悪意あるプログラムが無関係な人間のパソコンを不正に乗っ取り、勝手に犯罪予告を行わせていたのだ。

警察の捜査により遠隔操作を行った容疑者は逮捕される。マスコミが大々的に取り上げたことを牟田は憶《おぼ》えている。

しかし容疑者は嫌疑不十分で釈放された。過剰な報道に反発した有志によって支援団体も結成された。だが警察は容疑者への執拗なマークを続け、決定的な証拠をつかんだことで再逮捕に至る。容疑者が自供して事件は解決を迎えた。

「容疑者は決定的な証拠が出るまで自白しませんでしたが、結局は真犯人でしたよね」

紗雪が残りの赤ワインを呷《あお》る。空《から》のグラスの底に赤色の液体がうっすら残っていた。

「実は犯罪予告の段階で、誤認逮捕された無実の人間が二人も自供しているの」

牟田は言葉を失う。パソコン遠隔操作事件は大昔ではなく二〇一二年の出来事なのだ。

最初に逮捕された人々は全くの無実だ。しかし一人は同居人の犯行だと疑い、かばうために自供した。その後否認したが、再び自白に転じたのだそうだ。

もう一人は取り調べで犯行を認めた挙《あ》げ句《く》、架空の動機まで自白している。未成年だったため審判を終えた後に保護観察処分が下され、大学も辞《や》めることになったという。

牟田は水差しで紗雪のグラスに水を注ぐが、危うくこぼしそうになる。

「どうして無実なのに自供したのでしょう」

「取り調べが可視化されていなかったから断定はできないけど、自白せざるを得ないような追及の仕方だったのでしょうね」

「それじゃ橋本の件も？」

「不用意なことは言えない。私はあくまで可能性を示しただけ。自白そのものは証拠として有効だと思うし」

紗雪が水に口をつけてから立ち上がった。

「本気で解決を望むなら警察を頼るべきだよ。それじゃごちそうさま」

牟田もレジに向かい、紗雪の会計を済ませる。祁答院と一緒に見送ると、最後の客も席を立った。ラストオーダーを過ぎてから片付けに取りかかり、牟田は帰途に就《つ》く。

牟田は店を出るのと同時に橋本にメッセージを送った。夜の気温は冬に近づき、今にも吐息が白く染まりそうだ。交差点の信号待ちでスマホをチェックしたが、返事は来ていなかった。星は街明かりにほとんど掻《か》き消え、北極星だけが夜空に光り輝いていた。

チェーン展開している喫茶店は小綺麗《こぎれい》で、クラシック調の曲が流れていた。牟田の正面の席で環美兎《たまきみと》がコーヒーを飲んでいる。ワンピースとカーディガンは黒色で、艶《つや》やかな黒色のショートカットと合わせて白い肌と赤色の唇を浮き立たせていた。

あの時美兎は目の前に突如《とつじょ》現れ、意味深《いみしん》な発言をして去っていった。一時は見失ったが必死に追いかけると、駅近くのコンビニでカレーまんを買っている美兎を発見した。

美兎は気まずそうに逃げようとしたが、執拗に食い下がって連絡先の交換に成功した。すると美兎からは『あの状況で幻のように消えたら見逃《のが》しなさい』という苦情のメッセージが送られてきた。そして何度かやり取りを重ねて、今日再会が叶《かな》ったのだ。

ブラックのエスプレッソに口をつけると、凝縮された苦みを感じた。

「僕が冤罪騒ぎに巻き込まれたとき、北川由美さんに連絡しましたよね」

美兎と会う目的は紗雪との関係を聞くためだ。

「あの子が冤罪事件の調査を進めていると小耳《こみみ》に挟《はさ》んだの。それが滑稽《こっけい》で、小学校からのよしみでからかっただけよ」

美兎の小さな声は、喫茶店の喧噪《けんそう》に紛《まぎ》れて聞き取りにくい。だが自信に溢《あふ》れた態度のせいなのか、牟田は知らないうちに前のめりになっていた。

「僕の前に現れたのは、紗雪さんへの嫌がらせが目的でしょうか」

「人聞きが悪いわね。紗雪の父である遠藤世志彦《よしひこ》が人殺しだという事実を伝えただけ。人殺しの娘が身近にいるのは怖いでしょう」

美兎が赤い唇の端を上げる。悪意を感じ取り、牟田は強い怒りを覚えた。

「たとえ父親が殺人者だとしても、子供には関係ありません」

付き合いこそ短いが、牟田は紗雪を信頼している。美兎の瞳が揺らぎ、コーヒーをソーサーにこぼした。牟田を動揺させようと目論《もくろ》んだのかもしれないが、戸惑《とまど》ったのは美兎のほうだったらしい。美兎は唇を噛《か》んだ後、余裕の笑《え》みに戻った。

「助けられて懐《なつ》いたみたいね。紗雪は冤罪を訴える人には優しいから。ドローンを破壊した柔道部の子が主張する無実の件も、これから調査を開始するのかしら」

「どうしてそれを」

「私は大学に通いながら、探偵として多くの難事件を解決しているの。だから色々な情報が舞い込むのよ。それで牟田くんが事件に首を突っ込んでいるという噂を聞いたわけ」

美兎が自慢気に胸を張る。確かに牟田は、橋本の一件について調べはじめていた。新情報は得られていないが、どこかから美兎の耳に届いたらしい。

「ドローン破壊事件も紗雪が調べるの？」

「遠藤さんからは、警察に任《まか》せるように忠告を受けました」

だが橋本が望んでいないため、警察への相談はできていない。素人《しろうと》の調査では何の進展もなかった。すると美兎が物憂《ものう》げに息を吐いた。

「お友達の頼みなのに紗雪は薄情ね。それなら私が調べてあげましょうか？」

「はい？」

虚《きょ》を衝《つ》かれて反応が遅れていると、美兎が手を叩《たた》いた。

「今日は空いているわ。早速《さっそく》調査を開始しましょう」

「待ってください」

牟田の制止を無視して美兎が伝票を手にレジに向かう。会計を済ませて店を出ても美兎は一度も振り返らない。牟田がついてくることを微塵《みじん》も疑っていないのだ。

紗雪から以前『怪しい探偵に依頼しちゃだめ』と注意されたことがある。あれは美兎を指すのだろうか。仕方なく追いかけてドアをくぐる。暖房で温められた身体に外の空気が冷たく感じられた。

2

美兎は喫茶店を出てすぐ、スマホで誰かと通話をはじめた。電話を終わらせてから「コネを使って、ドローン破壊事件の関係者に話を聞く段取りをつけた」と得意げに微笑《ほほえ》んだ。半信半疑ながら、美兎と一緒に電車に乗り込む。

「大学の研究目的で事件を調べ直していると説明したわ。冤罪を疑っていると大学に知られたら面倒でしょう」

「助かります」

強引に調査を開始するものの、配慮はありがたかった。電車を乗り継ぎ、橋本の通う大学の最寄《もよ》り駅で降りる。

居酒屋が目立つ商店街を十分ほど歩いた先に校舎が並んでいた。正門を通過して敷地に入ると、スポーツ強豪校らしくジャージ姿の学生が目立った。

何かの功労者らしい銅像の前で青年がスマホを操作していた。発売から一ヶ月ほどの、牟田が欲しいと思っている最新機種だ。青年が顔を上げ、近づいてくる。筋肉質な体型が橋本に似ている気がした。灰色のジャージに『柔道部　宇野《うの》』と刺繍《ししゆう》してある。筋肉の付き方はスポーツによって変わるらしい。宇野が背筋《せすじ》を伸ばして頭を下げた。

「環美兎さんですね。案内役を仰《おお》せつかりました、柔道部二年の宇野賢次郎《けんじろう》です」

「今日はよろしく。隣はただの助手だから気にしないで」

美兎はVIP対応を当然のように受け入れている。

「それではご案内します。施設を増改築したせいで敷地内は入り組んでいます。迷わないよう注意してください」

宇野を先頭に敷地内を歩く。体育館らしき建物が乱立し、グラウンドは広大だった。運動施設の充実ぶりは全国屈指《くつし》だと橋本から聞いたことがある。部室棟でさえコンクリートの三階建てだという。宇野が遠慮がちに訊《たず》ねてきた。

「橋本の件を調べるのですよね」

「解決したのは知っているけど、詳しく検証して今後に役立てるつもりよ。あなたは橋本高典と親しいのかしら」

美兎に質問され、宇野が目を伏せた。

「同じ学年なので仲が良いほうでした。高校時代は荒れていたと聞いていますが、やっぱりその頃の性格が直っていなかったのですね」

美兎が視線で訊ねてきたので、牟田はうなずきを返す。橋本はかつて学年一の不良だった。教師に反抗し、喧嘩《けんか》で補導されたこともある。しかし二年で柔道をはじめた後は一切の不良行為から足を洗ったはずだ。

教室棟らしき校舎の脇を抜けると人通りが減り、未舗装の道に変わった。校舎の裏手にエアコンの室外機やボイラーが並び、鬱蒼《うっそう》とした庭木が並んでいる。大学敷地の最奥にぽつんと二階建てのプレハブが建っていた。

「ドローン破壊の現場になった文化部室棟です。映研の部室は一階の右から二番目です」

暗く湿気の多い一角に文化部室棟は追いやられていた。少し離れた場所に一基だけ外灯が立っている。プレハブの外壁にも蛍光灯が設置されているが、夜はさらに暗そうだ。運動部が有名な大学だけあって、文化部は肩身が狭いみたいだ。

プレハブのドアに軽音楽部や写真部という文字が並んでいる。映画研究会と書かれたドアを叩くとすぐにドアが開き、パーカーとジーンズ姿の男子学生が顔を出した。痩《や》せ形《がた》で目つきの鋭い青年が宇野を見て顔をしかめる。

「赤沢くん、さっき連絡した件で来たよ」

「どうして解決済みの事件を蒸《む》し返すんだ」

ドローンの所持者の赤沢和彌《の》のようだ。ドアから迷惑そうな顔だけ出していたが、宇野の背後に目を向けた途端に息を呑んだ。

「この方がお話を？」

「はじめまして、環美兎といいます」

美兎が会釈《えしやく》をすると赤沢が顔を紅潮《こうちよう》させ、背筋を正して部屋から出てきた。

「映画研究会の赤沢と言います。突然ですが、映画出演に興味はありませんか？」

美兎の容姿は陶器人形のような美しさがある。映画の被写体として惹《ひ》かれる気持ちも理解できるが、美兎は微笑みながら小首《こくび》を傾《かし》げた。

「映画出演のお誘いは興味深いですね。ただ、学業もありますので、具体的なお話は用件が済んだ後でもよろしいかしら」

「ではすぐに終わらせましょう。何でも聞いてください」

赤沢が美兎たちを部室に招き入れる。意外といっては失礼だが映研部室は片付いていた。ハンガーラックには様々な職業の制服が並び、棚にはカメラや三脚などが置かれている。用途はわからないものの、段ボールにカラフルなビニールが詰め込まれていた。部室の窓は荷物で塞《ふさ》がれ、明るいのはドア脇の小さな窓だけだ。

「ドローン破壊事件があった十月九日のことを、なるべく詳細に教えてください」

「承知しました！」

美兎に目尻を下げながら、赤沢が説明をはじめた。

十月九日の午前中、講義後の教室で赤沢はドローンの自慢をしていた。空撮のためにアルバイト代を貯《た》め、二十万円以上する新製品を購入したのだ。スペックの解説をしていたとき、橋本が会話に割り込んできた。その時点でドローンは部室にあったらしい。

「橋本はドローンに触らせろと偉そうに命令してきました。でもあれは映画撮影のためにようやく手に入れたんです。俺が毅然《きぜん》と拒否したら、橋本が急にキレたんです」

二人は口論になり、周囲が制止する騒ぎになった。最後は橋本が『そんな玩具《おもちゃ》くだらねえ』と捨て台詞《ぜりふ》を吐いてから教室を出て行った。

昼休みに赤沢は屋上でドローンを操縦した。構内をリモコン操作で飛ばしながら内蔵カメラで撮影したのだ。

「データは全てドローンのＳＤカードに保存されます。本当は映像をリアルタイムでスマホに転送する機能のある機体が欲しかったのですが、価格の問題で断念しました」

赤沢が残念そうに首を横に振る。

自由に飛び回るドローンは学生だけでなく、大学職員の目にも留《と》まった。無許可だったため、駆けつけた職員に没収されてしまう。

「学則にドローン操縦は違反だと明記されていないと反論したら、常識で考えろと叱《しか》られました。記念すべき初撮影の映像も確認できませんでした。最新技術への無理解が文化の発展を阻害《そがい》することを、頭の固い連中は理解しないんですよ」

赤沢はあきれ顔だが、大学の対応は当然だ。赤沢は操縦に関して初心者なのだ。いつ落下するかわからないドローンが頭上を飛び回るなんて危険極まりない。

夕方四時過ぎ、赤沢は二度と構内で飛ばさないと誓約した上でドローンを取り戻した。その足で映研部室に向かい、ドローンをテーブルに置くと橋本と宇野が訪れた。理由については宇野が説明してくれた。

「橋本と赤沢くんの口論が監督の耳に入ったんです。柔道部の監督は礼節を重視し、部外の人間への無礼を許しません。橋本が悪いと判断して謝罪を命じたんです。僕は付き添いで同行しました。橋本は赤沢くんに頭を下げ、その場で両者は和解しました」

その後、橋本たちは柔道部、赤沢は大学構内での映画撮影に向かった。予定が押していたせいで、ドローンの映像は確認していなかった。

赤沢が撮影のために部室を離れた際、部員二名が部室に残っていた。

「夕焼けのシーンを何度挑戦しても綺麗に撮《と》れなかったんです。照明に赤のフィルムを貼って撮影しても失敗して、最終手段として動画ソフトで補正することになったんです」

赤沢はなるべく加工処理に頼らない撮影を心がけているという。部室内の段ボールにロール状の赤色フィルムが入っている。それを切り取り、照明に貼りつけて撮影したらしい。

映像処理作業が午後九時に終わるまでの間、訪問者はなくドローンもテーブルに置かれたままだった。映像処理班は部室に施錠《せじょう》し、まだ構内で撮影中の部員に鍵を渡して帰宅した。赤沢が殊勝《しゅしょう》な様子で頭《こうべ》を垂《た》れた。

「部の機材はデジカメもパソコンも旧式ばかりで、処理に時間がかかります。あいつらには毎度苦労をかけて申し訳ないと思っています」

午後九時半、撤収した撮影班は部室の鍵を開けて明かりを点《つ》けた。そこで床に落下したドローンを発見する。骨組みやプロペラの破損状況から、何者かが故意に叩き落としたとしか考えられなかった。本体は完全に修復不可能で、破壊の衝撃からなのかSDカードのデータも読みとれなくなっていた。

映像処理班に連絡したが、ドローン破壊を否定した。動機もないため、外部の犯行と考えられた。午後九時から九時半までが犯行時刻になる。赤沢が忌々《いまいま》しげに唇を歪《ゆが》めた。

「ドローンについてのトラブルは橋本としか起きていません。部員の一人が柔道部の主将と知り合いだったから、すぐに連絡をしました」

事件は柔道部の主将から監督に伝わり、騒ぎは拡大する。夜遅くにもかかわらず関係者が集められ、緊急の会合が開かれた。

しかし当事者の橋本には一切連絡が取れなかった。

一緒に飲んでいた部員からは、夜九時の飲み会終了から橋本の姿を誰も見ていないという証言が得られた。さらに飲み会の最中、橋本は『あんなドローンは壊れてしまえばい い』と発言していたことも判明する。加えて夕方に橋本が映研の部室に謝罪に訪れた際、映研部員がドア脇の窓の鍵が壊れていると雑談していたこともわかった。つまり橋本は、部室へ自由に出入りできることを知っていたのだ。

橋本不在の状況で容疑は固まっていく。その上で宇野が重要な証言をしていた。

宇野は渉外《しょうがい》という役職で、大学側との交渉やOBとの連絡などで忙しいらしい。十月九日も午後九時まで部室で事務作業をこなしていた。

「仕事が長引いたせいで、九時過ぎに駅に向かいました。そこで駅前商店街から大学へ千鳥足《ちどりあし》で向かう橋本とすれ違いました。至近距離で顔を見たし、柔道部のグレーのジャージを着ていたから間違いありません」

牟田は頭を抱《かか》えたくなる。直接証拠はないが、橋本の心証は最悪だ。室内に沈黙が流れると、赤沢が鼻息荒く美兎に顔を近づけた。

「ところで映画出演の件ですが」

「貴重なお話感謝します。でも忙しいから出演はお断りするわ。宇野さん、次の場所まで案内してくださる？」

美兎が笑みを浮かべ、赤沢に背を向ける。大仰《おおぎよう》な立《た》ち居《い》振る舞いは、女優として映《は》えそうだ。絶望した顔の赤沢を横目に、美兎は颯爽《さつそう》と映研部室を出て行った。牟田と宇野は美兎を追う。

「次は柔道場にご案内します」

日は傾きかけ、白壁の校舎が朱に染まっていた。途中で外灯が自動で点き、辺《あた》りを照らした。カラスの鳴き声が遠くから響く。

牟田たちはコンクリート造の大きな建物に到着した。宇野が正面の扉を開くと、畳に身体を打ちつける音がした。汗の臭いが溢れ、美兎が鼻を手で覆《おお》った。

柔道着姿の男性たちが、畳の上で互いに技を競い合っている。中央で竹刀《しない》を持つ男性が大柄な学生たちを怒鳴《どな》っていた。宇野が声を張り上げて呼びかけると、竹刀の男性が振り向いた。五十歳過ぎで、身体の太さや佇《たたず》まいから岩のような印象を受ける。

男性が近づいてきて野太《のぶと》い声で笑った。

「君が例の女探偵さんか。こんな別嬪《べつぴん》とは予想外だ。私は柔道部監督の小山田《おやまだ》だ。先輩から全面的に協力するよう命じられている。用があれば何でも言ってくれ」

「お忙しいなか感謝します」

小山田監督が差し出した手を美兎が握り返す。続いて牟田も握手する。皮膚が硬く、太い指は荒縄みたいだった。小山田が学生に乱取り稽古を続けるよう大声で指示した。

美兎がドローン破壊の件を訊ねると、小山田が大袈裟《おおげさ》にため息をついた。

「最近の若い連中は、限度を知らんから困ったものだよ」

事件当日、小山田は午後八時半に大学を出た。九時に妻子の待つ自宅に戻り、夜十時に主将から連絡を受けた。大学に向かいながら部員に指示を出して情報収集したが、集まった情報の大半が橋本に不利だった。さらに当人に全く連絡が取れない。そして橋本は、翌日の昼にようやく関係者が揃う柔道部室に顔を出した。

「俺は可愛い教え子を信じたかった。だが問い質《ただ》しても曖昧な返事ばかりだ。橋本の焦る顔を見て、俺は犯人だと直感したよ」

橋本に居酒屋での暴言について問い質すと、青ざめた顔で認めた。宇野の目撃証言を突きつけると一度は否定したが、居酒屋を出てからの記憶がないと主張しはじめた。

「橋本は根拠のない言い訳を繰り返した。だが俺が一喝《いっかつ》すると黙り込みやがった。もう一押しだと考えた俺は、『認めれば大事《おおごと》にしない』と優しく諭《さと》した。観念した橋本は、ようやく犯行を認めてくれた。気持ちが通じ合ったことが嬉《うれ》しかったよ」

小山田が腕を組み、神妙な顔でうなずいた。道場から怒声《どせい》が幾度《いくど》も響いている。

「嘘《うそ》吐《つ》きは大嫌いだが、誰でも間違いは犯す。肝心なのは間違った後どうするかだ。過《あやま》ちを認められない奴が一番駄目《だめ》だ。罪を認める行為は苦しい。橋本は最後の一線で踏み留まったんだ」

「なぜ警察に連絡しなかったのですか？」

牟田の質問に一同の視線が集中する。小山田監督が肩を竦《すく》め、美兎は白《しら》けたような顔を見せた。牟田だけが理由を知らないらしい。

「うちの大学は警察との繋がりが強い。特に運動部は卒業後に多くの学生が警察に就職する。だから橋本のためにも通報しないでもらったんだ」

牟田も聞いたことがあるが、橋本は警官を目指していた。不良時代に尊敬する警察官に出会い、憧《あこが》れを抱いたためだ。通報すれば器物損壊罪で逮捕される恐れがある。警察官になる夢が潰《つい》える可能性があるのだ。そのため監督と橋本が、被害届を出さないよう映研に懇願したらしい。

そこまで話したところで、小山田監督が美兎を一瞥《いちべつ》した。

「この探偵さんも柔道部ＯＢの現役警察官から紹介されたんだ。多くの難事件の解決に協力してくれたと、先輩が全幅の信頼を寄せていたよ」

「捜査に協力するのは市民の義務ですよ」

美兎が澄まし顔で答える。美兎が大学柔道部に強力なコネを発揮《はっき》できた理由がようやくわかった。牟田たちは監督と宇野に謝意を告げ、柔道部を後にする。

「何かわかりましたか？」

「どうかしら」

美兎が肩を竦める。間もなく五時で、周囲は暗くなっていた。正門が見えたところで一人の男性が行く手を遮《さえぎ》った。

「橋本を調べているのはお前らか？」

学生らしき小太りの青年がにらみつけてくる。牟田が一歩前に出て美兎との間に立ちはだかる。美兎が余裕の声音《こわね》で言った。

「そうですが、あなたは？」

「俺は元柔道部員の榊《さかき》だ。橋本の件で話がある」

榊と名乗った青年は脂肪の下に筋肉を蓄《たくわ》えている体型だった。美兎が牟田の肩を押しのける。

「面白そうね。詳しく教えてちょうだい」

美兎の瞳が輝いている。牟田たちは近くの職員用駐車場に移動した。明かりに照らされ、榊が真剣な眼差《まなざ》しで美兎に話し始める。榊は大学三年生で、半年前まで柔道部員として汗を流していた。現在は退部し、軽音楽部に所属しているという。

榊は事件当夜、駅前の居酒屋で酒を飲んでいた。そこで部室に忘れ物をしていたことに気づく。飲み会の解散後に大学に戻り、文化部の部室棟に向かった。居酒屋を出たところで知人にメッセージを送信していて、時刻は九時ちょうどだった。

「俺が文化部室棟に向かっていると、建物の手前で人影を見たんだ。赤い光に包まれて不気味だったのを憶えているよ」

「赤い光？」

美兎が話を遮ると、榊が説明してくれた。赤い光は映研の仕業《しわざ》だった。夕焼けの場面を撮影するため、文化部室棟の蛍光灯に赤色のフィルムを貼ったのだ。撮影後それを回収せずに放置していたらしかった。

榊が見た男性は、文化部室棟から少し離れた外灯の下に佇んでいたという。牟田は文化部室棟に向かう途中、手前に外灯があったことを思い出す。

「距離があったから顔はわからなかったが、そいつは青っぽい服を着ていた。俺が聞いた話では橋本は事件当日、柔道部のグレーのジャージを着ていたはずだ」

青い服の人物は敷地の奥へと走り去ったらしい。また榊は忘れ物を回収して引き上げる際、部室棟に戻ろうとする映研部員たちも見たそうだ。

駅前から部室棟まで徒歩十分の距離なので、午後九時十分から九時二十分くらいの間に不審人物を目撃したことになる。話を聞いた牟田は榊に詰め寄った。

「どうしてみんなに言わないんですか」

柔道部のジャージはグレーなので、犯行時刻に橋本とは別の人物が現場にいたことになる。榊が居心地《いごこち》悪そうに身体を引いた。

「俺は柔道部からの信用がないんだ」

「半年前に辞めたと言ったわね。貴方《あなた》が例のパワハラの告発者なのかしら」

パワハラなんて話、牟田は初耳だった。

「知っているなら話が早い。あの事件以降、柔道部で橋本だけが俺に話しかけてくれたんだ。あいつの犯行だなんて信じられない。どうか助けてやってほしい」

榊が悔しそうに顔を歪め、美兎に頭を下げて去っていった。

「パワハラって何ですか？」

「半年前、柔道部員が小山田監督の暴力行為を告発したの。大学側が調査したけど、多くの部員の証言から暴力は存在しなかったと結論づけられたわ」

告発が虚偽《きょぎ》と認定されれば部に残るのは難しいはずだ。調査はもう終わりだろう。牟田が駅に向かおうとすると、美兎が口元に指を当てて立ち尽くしていた。頭上から外灯に照らされ、長い睫《まつ》毛《げ》の影が目元に落ちる。なぜかその姿が紗雪に重なった。

牟田が見惚《みと》れていると、美兎が顔を上げた。

「お疲れさま。帰っていいわ」

それだけ告げ、去って行く。帰り道は一緒のはずだが、美兎の姿は帰宅する学生に紛れてしまう。冬を思わせる風の冷たさに身体を震わせていると、ふと空腹に気づく。駅近くに狭いながら味が評判のミートソースパスタ専門店があることを思い出し、場所を確認するためスマホを取り出した。

祁答院が仕上げた海の幸のトマトスパスタをカウンター越しに受け取る。テナガ海老《えび》やアサリ、イカ、ムール貝などがたっぷり盛りつけられた熱々《あつあつ》の皿から、湯気と一緒に魚介出汁《だし》とトマトソースの香りが立ち上った。

テーブル席の四人客にパスタを届けると、魚介の立体的な盛りつけに歓声が上がる。火傷《やけど》しないようにと注意してから、空いた皿を下げた。

カウンター席では紗雪が白ワインとチキンカチャトラを味わっていた。鶏《とり》のトマト煮込みのことで、カチャトラはイタリア語で猟師を意味する。紗雪はいつも深酒せず、祁答院との会話と料理を楽しんでさっと帰る。その身軽な感じが小気味《こきみ》好かった。

皿を洗い場に置くと、祁答院がにやけた笑みを向けてきた。

「そういえば牟田くん、この前すごい美女と一緒にいたよね」

「えっ、なになに、亜梨朱《ありす》ちゃんがいるのに何しているの？」

紗雪が食いついてくる。数秒前までのしっとりした雰囲気はどこへ行ったのだろう。牟田は皿を軽く水洗いしてから洗い桶に沈めた。

「鈴木さんとは、励ますため何度か一緒に食事しただけです」

「依子《よりこ》さん、どんな人だったの？」

「昨日、駅前で見かけたんだ。色白な肌と黒髪のショートカットが印象的で、全身黒で固めたファッションが人形みたいだったな」

やはり祁答院が目撃したのは美兎のことだ。紗雪が顔を強張《こわば》らせ、グラスをテーブルに置いた。白ワインが大きく揺れ、グラスからこぼれそうになる。

「どうして牟田くんと美兎が一緒にいるの？」

険《けわ》しい顔つきで牟田をにらんだ。美兎が話しかけてきた件は紗雪に伝えていない。下手《へた》な嘘は通じないと思った。

「少し前に環さんから声をかけられたんです。連絡先を交換して、先日なりゆきで橋本の件を一緒に調査しました」

「あいつから何か聞いた？」

牟田が黙り込むと、紗雪が一瞬悲しげな表情を浮かべた。自分の行動が紗雪を傷つけたことを思い知る。牟田がうつむくと、チキンカチャトラが目に入った。食べかけの身から皮が外《はず》れ、トマトソースから油が分離している。紗雪が立ち上がり、レジに向かうとする牟田を祁答院が手で制した。

「私がやる」

そこでテーブル席の客から声をかけられる。牟田がワインの注文を受けている間に紗雪は店を出て行った。厨房に戻ると祁答院が手を洗いながらため息をついた。

「不用意に話題に挙げてごめん」

「店長が謝《あやま》る必要はありません」

「環美兎に直接会ったことはないけど、事情は知っている。私にも昔腹立たしい電話をかけてきたことがあるから。軽々しく会ったのは牟田くんの失敗だったと思う」

家族の秘密を吹聴《ふいちょう》する人物と一緒に行動していると知れば、紗雪が不快に思うのは当たり前だ。牟田はカウンターの皿やグラスをトレイに載《の》せた。紗雪が料理を残すのは珍しい。申し訳ない気持ちで、食べ残しの鶏肉を生ゴミ入れに捨てた。

3

翌日は朝から曇りだった。牟田は大学構内のベンチで次の講義がはじまるのを待っていた。スマホで確かめたけれど、休講の予定はないようだ。

隣に誰かが座る気配がして、顔を向けると紗雪の姿があった。紗雪は黒のセーターとチェックのベージュのスカートという格好で、ペットボトルのコーラを手にしていた。

「ここ空いているかな。許可を取る前に座っちゃったけど」

「大丈夫です」

昨晩怒らせたばかりで、謝罪の方法について悩んでいた。牟田は頭を下げる。

「環さんの件、申し訳ありませんでした」

紗雪が困り顔で笑みを浮かべる。

「私こそ突然帰ってごめんね。美兎が強引に話を進めたんでしょう。昔からあの子は何でも思い通りになると信じているから」

美兎について語る紗雪は一見不機嫌だが、どこか愉快そうでもあった。

「それでどこまで聞いたの？」

美兎から聞いた情報を全て伝える。すると紗雪が不思議そうに訊ねてきた。

「どうして美兎と接触しようとしたの？」

「遠藤さんに嫌がらせをする理由を知りたかったんです」

「……そっか」

紗雪がペットボトルの赤色のキャップを外すと、炭酸の抜ける音がした。ボトルの内側に泡がたくさん生まれている。

「ドローン破壊事件で、新たにわかったことがあれば教えてもらえるかな」

紗雪は最初に相談した際に、警察に委《ゆだ》ねるべきだと主張した。それなのに美兎が関係したと知った途端に態度を変えた。紗雪にとって美兎は特別な存在なのだろうか。だが、紗雪が興味を示すのであれば断る理由がない。美兎との調査で得た情報を伝えることにした。

「心証だと橋本くんが最有力容疑者だね。情況証拠だけなら言い逃れできたけど、自白が致命的だなあ。鍵になるのは青い服の人物だけど、さすがに犯人の特定は難しいな」

「あれ、牟田くんと紗雪さんだ」

顔を上げると亜梨朱が立っていた。偶然通りかかったのだろう。牟田は亜梨朱の顔を見つめてから笑みを浮かべた。

「表情が明るくなったね」

北川由美が先日、退学を決めた。そのことに心を痛め、先週は目の下に隈《くま》ができていた。だが今は血色が良くなっている。亜梨朱が口角《こうかく》を上げながら頰に手を当てた。

「ありがとう。最近は眠れるようになったんだ」

「もしかしてメイクも変えた？」

雰囲気の変化は体調以外にもありそうだ。亜梨朱が眉を大きく上げる。

「牟田くんすごいね。気分転換のためデパートで化粧品を買ったら、店員さんから新しいメイク下地《したじ》を紹介されたの。血色の悪さをすごくカバーできるんだ」

紗雪が興味深そうに身を乗り出した。

「その下地は気になる。私って地黒なのに明るい肌への憧れが強くて、メイクやファッションの色味をいつも失敗しちゃうんだ」

「肌タイプを診断して最適な色を選んでくれたんです。それで私は黄色系を買いました」

「それなら紫系のクマだったんだね。紫の補色《ほしょく》が黄色だから打ち消し合ったんだよ」

「補色？」

亜梨朱の疑問に紗雪が説明してくれる。補色とは緑にピンク、黄色に青など対となる色のことだ。互いを強調する効果や、下地に使うことで打ち消しあうこともできるという。

「赤い紙を見つめた後に白い紙に視線を移すと、補色である青緑色の残像が浮かんできたりするんだよ。人間の視覚はかなりいい加減で、錯覚《さっかく》が簡単に起きるんだ」

亜梨朱は興味深そうに耳を傾けていたが、スマホの時計を見てから頭を下げた。

「用事があるので失礼します。牟田くん、後でまた連絡するね」

背中を見送ってから、紗雪がコーラに口をつける。

「元気そうで安心した。進展があったら報告するように。それにしてもメイクの違いがよくわかったね」

「姉で慣れてるので」

牟田には七歳年上の姉がいる。一緒に暮らしていたころは前髪を数ミリ切ったことに気づかないだけで怒り出したので、女性の変化を察知するのは得意なのだ。

「牟田くんにお姉さんがいるの、すごくわかる」

「よく言われます」

牟田が即答すると、紗雪が噴《ふ》き出した。昔からなぜか姉がいると言うと納得されるのだ。紗雪はひとしきり笑ってから長く息を吐いた。

「それはともかく亜梨朱ちゃんとの会話で、重大な可能性に思い当たった。現場検証しないと確信は持てないけど、橋本くんには不利な状況かもしれない」

紗雪は何かに気づいたらしいが、どこにヒントがあったのか全くわからない。紗雪が立ち上がってから、腰を屈《かが》めて牟田に顔を近づけた。

「講義が終わったら調査しよう。美兎とは一緒に調べたんだから、私に付き合うのを嫌とは言わないよね」

口調は冗談めかしていたけど、断り難《がた》い圧力を感じた。

「もちろんです」

「よし」

牟田の返事に紗雪がうなずいた。休み時間は終わりに近づいている。紗雪が自動販売機の脇にあるゴミ箱に歩《あゆ》み寄り、コーラを飲み干してからペットボトルを押し入れた。

牟田は橋本にメッセージを送り、榊が告発したパワハラについて訊ねた。すると橋本は知る限りの情報を教えてくれた。

榊は半年前、小山田監督から暴力を受けたと大学に訴え出た。小山田は否認し、大学主導の調査が行われた。橋本を含む部員も聞き込みを受けたが、誰も暴力を目撃していなかった。榊は小山田が校舎裏など人目に付かない場所を巧妙に選んだためだと主張した。

榊はエース候補として入部したが、実力が伸び悩んでいた。後輩に大会出場メンバーの座を奪われ、最近では練習も休みがちだった。大学側が暴行はなかったと結論づけたことで榊は自主退部を余儀《よぎ》なくされ、小山田は監督を続けることになった。

牟田は橋本から、自白したときの心境を改めて聞いた。すると辛《つら》そうにしながらも、当時の状況を話してくれた。

執拗に責められ続けるうちに、橋本の頭を恐怖と不安が支配したという。思考が徐々に鈍《にぶ》り、泥酔で記憶が曖昧なら、罪を犯した可能性もあると考えるようになった。認めないと解放されないだろうという恐怖も重なった。自白すれば自分以外の全員が納得する。そう考えた直後、気がつくと罪を認めていたというのだ。

「再調査をしていると伝えたら、橋本は電話口で涙ぐんでいました」

「自白の様子を最初に聞いていれば、もっと早く調査したかもしれない」

西日の射《さ》し込む電車内で話を聞き終えると、紗雪の顔つきが鋭くなった。

橋本の通う大学に到着した時点で辺りは真っ暗だった。牟田は紗雪を文化部室棟に案内する。二階建てプレハブのかなり手前に、一基の外灯が輝いていた。弱々しい白い光の下を通り、蛍光灯に照らされた文化部室棟に到着する。

数室に明かりが灯っていたが、映研は無人のようだ。牟田は紗雪から指示され、文化部室棟の近くに立つ。紗雪は来た方向に戻って外灯の下を通り過ぎ、さらに遠くまで離れた。牟田はスマホを通じて紗雪から指示を受け、何度か立ち位置を変えさせられる。

数回繰り返してから、牟田たちは構内を出ることにした。

「何かわかりましたか？」

「橋本くんに不利な事実が確認できた。次は当日の足取りを追おう」

夜の駅前商店街は会社帰りらしき人々で賑《にぎ》わっていた。土地柄かチェーン店より個人経営の店が目立つ。牟田たちは橋本が事件当日に立ち寄った居酒屋に向かった。

古びた外観とくたびれた暖簾《のれん》から、値段の安さが想像できる店だった。木製の戸を開けると騒がしい声が溢れ出す。店員に狭い通路を案内され、隣と肩が触《ふ》れ合いそうな店内中央の二名テーブルに案内される。コンクリート製の床が水で濡《ぬ》れている。客層は圧倒的に男性で、空気は煙草臭《くさ》かった。

「騒がしいですけど、大丈夫ですか？」

「この手の店には来ないから新鮮だな」

紗雪が物珍しげに壁に貼られたメニューを眺《なが》める。枝豆やハムカツなど料理や酒の全てが安価だった。注文するとすぐにビール二つとモツ煮込みが運ばれてくる。柔らかく煮込まれたモツ煮は臭みがなく、濃厚な麦味噌《むぎみそ》仕立てで酒の進む味だった。

店員に雑談を装《よそお》って話しかける。一ヶ月間に来店した客について質問するが、忙しそうにわからないと答えて去っていった。繁盛《はんじょう》店で個別の客を覚えるのは無理だろう。

「荷物を置く場所にも苦労するね」

籠は用意されず、紗雪はバッグを椅子と背中の間に置いていた。店員や客が背後を何度も通り過ぎる。紗雪がビールに口をつけた。

「橋本くんが紛失したのはどんなバッグなの？」

「斜めに背負うワンショルダーバッグです」

橋本が愛用していた品だった。普段から外すのを面倒臭がり、〆《しめ》のラーメン屋などでは背負ったまま飲み食いしていた。バッグをずらせば財布も簡単に取り出せる。

紗雪が思案顔でモツ煮に箸《はし》を伸ばす。考え事をする仕草《しぐさ》が美兎に似ている気がしたけれど、牟田は心に秘めることにした。

「ここより狭い店はあるかな」

「今から橋本に聞いてみます。それと近くにミートソース専門のパスタ屋があります。ラーメン屋に似たカウンターだけの店で、鰻《うなぎ》の寝床《ねどこ》みたいでここより狭いです」

「本当に牟田くんはイタリア料理が好きだね。とりあえずそこに行って、後は橋本くんに教わった店を巡《めぐ》ろう。それでも駄目なら近隣の狭そうな店を一軒ずつ回るしかないか」

調べる当てができたらしい。モツ煮をつまみにビールを飲み終え、会計を済ませる。居酒屋の周辺には無数の飲食店が並んでいた。大半が個人店で、内観を外から想像するのは難しい。一軒ずつ回ることを想像して気が遠くなった。

「ん？」

スマホが振動し、牟田はバッグから取り出した。美兎からメッセージが届いている。二日後に事件関係者を大学に集め、真実を明らかにすると書かれていた。

「参加すると返事して」

紗雪が険しい顔で牟田に指示する。牟田はスマホを操作し、美兎へ送る文章を入力した。

百人以上入れる大教室は、席が映画館のように段々になっていた。美兎は全身黒色のワンピースで、教壇の脇で紙の資料をめくっている。最前列に柔道部の小山田監督や宇野が座り、中央付近に映研の赤沢が腰かけていた。

牟田は前列の端に立ち、隣で橋本が顔を隠すようにうつむいている。実績のある探偵が真相を明らかにする気だと伝えると、勇気を振り絞《しぼ》って関係者の前に来てくれたのだ。

窓の向こうでは、寒々とした灰色の雲が空を覆っている。他大学の教室は知らない匂いがして、友達の家に遊びに行ったときみたいな据《す》わりの悪さを感じた。

開始予定時刻の正午近く、教室後方のドアが開き、元柔道部の榊が入ってくる。小山田が振り向き、榊が顔を逸《そ》らしながら最後列に座った。正面に向き直った小山田は口をへの字に曲げていた。時計の長針と短針が重なると、美兎が教壇に立った。

「お集まりいただき感謝します。本日はドローン破壊事件について新たに判明した事実をお伝えしたく、皆様にお声がけさせていただきました。これからお話しする内容、様子は全て録音録画することをご了承ください」

牟田はパソコンに接続したビデオカメラの録画ボタンを押した。美兎は声量が乏《とぼ》しく、静かな教室でも全員が聞き取れるか心許《こころもと》ない。

「実は、一度は自白した橋本高典氏が無実を訴えています。私は真相を確かめるため、関係する皆さんにお話を伺《うかが》いました」

隣で橋本が怯《おび》えの表情を浮かべる。無罪を主張している事実は慎重に明かすべきだが、最初から公言するなら勝算があるのだろうか。真っ先に反応したのは小山田だった。

「まだそんな戯《ざ》れ言《ごと》を！」

教室に怒声が響き、橋本が下を向きながら答えた。

「すみません。でも自分が壊したとは本当に思えないんです」

「お前、いい加減に――」

小山田が腰を浮かせるが、美兎が手を挙げて制した。

「まずはご静聴《せいちょう》ください」

小山田が渋々といった表情で座り直す。警察関係者へのコネも関係しているのだろうが、美兎には他者を従わせる奇妙な雰囲気があった。

「映研の赤沢氏の所持するドローンが破壊され、容疑者として柔道部の橋本氏が候補に挙がりました。橋本氏は泥酔していて、犯行時刻の記憶がないと主張します。しかし、問い詰められて犯行を認め、事件は解決したかに思えました」

橋本が身体を震わせる。一度は自白したという事実はやはり重い。

「ですが我々は新たな証言を得ました。元柔道部の榊氏が、犯行時刻と思《おぼ》しき九時十分から九時二十分頃の間に、映研部室前で青い服を着た不審人物を目撃していたのです」

一同の視線が教室後方の榊に集まる。榊は緊張の面持《おもも》ちで腕を組んでいた。

「なぜ今になって証言したんだ」

小山田の高圧的な声が教室に響くと、榊が半笑いで肩を竦めた。一見すると余裕がありそうだが、まばたきの回数が尋常ではない。

「原因はあんただよ。俺が証言しても聞き入れたか？　第三者が事件に関わって初めて俺は証言できたんだ」

「何だ、その口の利《き》き方は！」

小山田監督の顔が瞬時に赤くなる。美兎が大声で制止した。

「お静かに願います。まだ途中ですよ」

張り上げるのに慣れていないからか、最後は声が裏返っていた。ＯＢにつながる人間の指示は絶対なのか、小山田が乱暴に腰を下ろす。美兎が何度か咳払いをした。

「不審人物が何者か、私は現場の状況から推理しました」

美兎に指示され、牟田は事前に用意した紙を参加者に配る。シンプルな造形の人間のイラストが印刷されている。人物は左右対称で左半身が濃淡のある灰色、右半身は濃淡のある緑色に塗られていた。特徴的なのは瞳だ。左は眼球が身体と同じ灰色だが、右の眼球は赤色に見える。美兎が教室後方に呼びかけた。

「それでは榊さん、イラストの目の色を答えてください」

「左がグレーで、右が赤だろう。それがどうしたんだ」

榊の答えに満足したのか美兎が赤い唇の端を上げた。

「実は左右の眼球の色は同一なんです」

「はあ?」

榊が間の抜けた声を出し、教室の面々も紙に視線を落とす。どう見ても左右の目の色は異《こと》なっている。そこで美兎が指示を出し、牟田はもう一枚の紙を配った。今度は目の部分を拡大してあり、美兎は紙を折り曲げて左右の眼球を隣接させた。

「同じようにしてみてください」

「あっ！」

教室の誰かが声を上げた。折り曲げて初めて、左右の目の色が同じだとわかったのだ。

「イラストは左半身が灰色で、右半身が緑色です。これを見た人間の脳は、右半身の眼球の色も緑色に囲まれて『緑に染まっている』と勝手に認識します。その結果、本当は右目も灰色なのに赤色だと思い込んでしまうんです」

美兎は例として、夕焼けに染まる壁を挙げた。写真撮影をして色だけ抽出すれば赤色になる。しかし人間は赤色に染まった周囲の情報から、壁の元の色が白色だと認識できる。脳が自動的に補正する機能を、色の恒常性と呼ぶらしい。

「円柱の陰になった白と灰色のパネルの色や、白と金色のワンピースなど、インターネット上では色の恒常性を利用したトリック画像が多く出回っているわ。そして私は文化部室棟前で、色の恒常性による誤認が起きたと考えているの」

美兎の口調が一気にくだけた。美兎が教室中央の階段を上り、赤沢の横に立つ。美兎から見下ろされ、赤沢が緊張の面持ちで背筋を伸ばした。

「映研は夕焼けのシーンの撮影で難航していた。その際にプレハブの前で、一風変わった撮影方法を実行したと聞いたわ」

「文化部室棟の蛍光灯に赤いフィルムを貼りつけて撮影しました。ですが色味に納得できず、結局、パソコンで処理することになりました」

「フィルムを片付けたのはいつ？」

「事件の次の日です」

「事件当夜、プレハブ周辺は赤い光で照らされていた。そして不審人物はプレハブ近くにある外灯の白い光の下にいた。つまり榊氏の目にはプレハブ周辺の赤い光を背景に、白い光に照らされた男性がいるという構図が見えていた」

美兎の説明では、人間は緑色の補正が働くと灰色を赤だと錯覚する。そして赤色の補正が働いた場合、灰色を青色だと誤認するというのだ。

「柔道部のジャージはグレーです。榊氏には、グレーが青に見えていたのです。つまり柔道部員の橋本高典氏だったという事実と矛盾《むじゅん》しないのです」

教室中の視線が向かい、橋本は顔を強張らせる。榊は悔しそうに歯を食いしばり、赤沢は侮蔑《ぶべつ》の眼差しを向けていた。宇野だけが目を閉じている。小山田の地鳴りのような声が教室に響く。

「これでもまだ無実と言い張るのか」

「でも、俺は本当に、その……」

「男ならはっきり言え。それで胸を張って警官になれるのか。お前がその態度なら、諸先輩方に貴様《きさま》の愚行を報告することになるぞ！」

橋本が喉《のど》の奥で悲鳴を漏《も》らした。そこで宇野が目を開けて立ち上がる。

「もういいだろう、橋本。今からでも遅くない。人は誰でも過ちを犯す。反省して真摯《しんし》に謝罪することが大事だと、監督はいつも繰り返しているだろう。同期として支えるから、正直に真実を打ち明けてくれないか」

優しい口調で語りかけながら近づいてくる。遮ろうとする牟田を押しのけ、震える橋本の肩に手を添えた。橋本の目は虚ろで、無感情な声でつぶやいた。

「すみません。俺が――」

「遠藤さん！」

牟田が叫んだ直後、教室後方のドアが勢いよく開いた。

「いい加減にしろ、美兎！」

よく通る声が教室に響き渡る。紗雪が教室の入口に現れ、肩を怒らせて階段を駆け下りる。フレアのロングスカートがふわりと翻《ひるがえ》った。

4

「どうしてここに？」

金切《かなき》り声を上げる美兎の胸ぐらを紗雪がつかんだ。

「真実を明らかにすると聞いていたけど、あんたは何を考えているの。罪を指摘するにしても本人を吊《つる》し上げる必要はないでしょう」

「急に現れて、邪魔しないで」

美兎が振り払うと、紗雪は抵抗せずに手を離す。教室の面々が困惑《こんわく》している。紗雪は深呼吸してから、普段通りの澄まし顔で一同に頭を下げた。

「突然の乱入、大変失礼しました。見知らぬ人間に言われても困るかと思いますが、私は橋本くんの無実を証明するために来ました」

無実という言葉に、小山田が不機嫌そうに反応した。

「まだ蒸し返すつもりか。橋本は今また、罪を認めようとしたんだぞ」

「教室の様子は別室で見ていました。先ほどの追及は自白強要を引き起こす要因が多く見受けられました」

牟田は録画している映像を、紗雪が受信できるよう設定していた。

「橋本の決意に水を差すのか。話は全て終わったんだ。見知らぬ小娘の戯れ言を聞く筋合いはない。俺は帰らせてもらう」

小山田が立ち上がると、美兎が口を開いた。

「彼女の話を聞きましょう。この場は私の指示に従っていただく約束ですよね」

美兎からの援護に紗雪が目を瞬《またた》かせ、小山田が顔を歪めてから座り直す。予想外の助け船を出した美兎だったが、紗雪に向けた視線は挑発的だ。紗雪が教壇で咳払いをする。

「先程申し上げたように、今回の追及には問題点が多くあります。橋本くんは何度弁解しても否定され続ける状況にあります。決定的な有罪の証拠がないのに、心証や情況証拠だけで犯人扱いされている。それが延々と繰り返されれば、徒労感から無実を主張する気力は失われます」

「本当にやっていないなら、胸を張って無実を主張し続ければいい」

小山田が一笑《いっしょう》に付《ふ》す。小山田の考えが一般的なのだろう。無実の罪を自白する行為には牟田も納得しきれないでいる。

「先が見えない状況で理性を保ち続けられるほど、人の心は強くありません。加えて橋本くんは、否認より自白するほうが有利な状況にありました」

「そんなことあり得ますか？」

赤沢が手を挙げて質問する。

「橋本くんは警官を志望し、柔道部は多くの警察関係者を輩出《はいしゅつ》しています。今は内々で済ませていますが、今回の件が広まれば就職に影響しますよね」

小山田が押し黙る。自白直前、小山田が先輩方に報告すると告げた。実際に就職に不利になるか不明だが、橋本には脅《おど》しになったのだろう。

「小山田監督は罪を認める行為を潔《いさぎよ》いと考えていますね。そして橋本くんが犯人だと決めつけていました。つまり否認を続けるより自供するほうが心証が良いわけです」

小山田が忌々しげに舌打ちし、紗雪が橋本に悲しそうな視線を向けた。

「それに無実だからこそ、必ず真実は明らかになると希望を抱きます。だから追い詰められた状況で、一旦《いったん》罪を認めてしまうのです。その場合、後に自白を撤回しても、大抵は信じてもらえません」

「それで橋本くんが無実の証拠はあるの？」

美兎が苛立《いらだ》たしそうな口調で紗雪に問いかけた。

「橋本くんの有罪を示す物的証拠は存在せず、根拠は強要された可能性のある自白だけ。疑わしきは罰せずが司法の原則でしょう」

紗雪が教壇に積まれた予備の資料を手で床に払った。錯視のイラストが舞い散る。

「服の色についての推理は私も同意する。でもその場合はグレーの服を着る人物全てが容疑者になるはずなのに、再検討もせず橋本くんを犯人だと決めつけた。冤罪を引き起こす最大の要因は捜査側の思い込みなんだよ」

柔道部員は全員がグレーのジャージを持っている。本来なら柔道部を含めた関係者全員を調べ直すべきだ。美兎は指摘に狼狽《うろた》えてから、怒りの表情で紗雪に人差し指を向けた。

「こっちは自白や情況証拠を積み重ねているのよ。あんたも偉そうに難癖《なんくせ》つけるだけじゃなくて証拠を提示しなさい」

「もちろんあるよ」

紗雪が微笑むと、美兎が指差したまま硬直した。

「頭だけで考えるのが昔からの美兎の欠点だよ。足で調査すれば、あなたの推理力なら難しくなかったのに。実は私たちは、紛失した橋本くんのバッグを探し出しました」

紗雪がスマホの画面を見せると、橋本が驚愕《きようがく》の表情で立ち上がった。そこには橋本のワンショルダーバッグの写真が表示されていた。

「どこでそれを」

「事件当日に橋本くんが訪れた居酒屋は荷物を置く場所に苦労するほど狭く、足元は水で濡れていたので直《じか》に置くのも躊躇《ためら》われます。同席した部員に聞き込みをした結果、橋本くんはバッグを着けたままだったことが判明しました」

橋本経由で部員の連絡先を入手し、牟田が証言を得ていた。

「橋本くんは普段から食事の時にバッグを着用したままでいることが多いそうです。それなのになぜバッグを紛失したのか疑問に思いました。そこでバッグを外さざるを得ない状況だったと考えました」

紗雪は近隣の狭い店舗を巡ることにした。橋本から聞いた店を丹念に探す気だったが、幸運なことに一軒目で正解を引き当てることになった。

見つかったのは商店街にあるミートソース専門のパスタ屋だった。間口が狭くて奥に細長く、真《ま》っ直《す》ぐなカウンターに客が並んでいる様はラーメン屋に印象が似ている。椅子から壁までの間隔が狭いため、一人通るのが精一杯《せいいっぱい》なのだ。

「その店で食事中の客の背後を歩くと、小さなワンショルダーバッグでも邪魔になります。そのため橋本くんはバッグを外すことになります」

パスタ屋を訪れた紗雪は、店員に忘れ物について質問した。するとありがたいことにワンショルダーバッグが保管されていた。さらに忘れ物の日時をノートで管理していた。受け取りをできるのは本人のみだったため、店内で撮影させてもらったのだ。

「店員さんは忘れ物の所持者の特徴も憶えていました。その人物はカウンターの出入口側に座っていたため、店内奥へと往《ゆ》き来《き》する客の邪魔になりました。そこで店員さんがバッグを足元の籠に入れるように頼んだのです」

バッグは十月九日の午後九時四十分に、客が退店してすぐに忘れ物として回収された。客は酔っ払っていて、来店から三十分近くかけてミートソースパスタを平らげていた。食べ終えると長居せずに退店する客が多いため、食事のペースの遅い橋本は目立っていたようだ。

「そうだ。俺、そのパスタ屋に行ったよ」

橋本が小さくつぶやく。瞳に光が戻っているように感じられた。

「三十分食事をした上で、午後九時四十分に忘れ物が発見されたのです。無関係な店員が嘘を吐く可能性は低いでしょう。これで犯行時刻の橋本くんのアリバイが証明されました。ところでアリバイが成立すると、ある証言の矛盾が浮かび上がります」

紗雪が教壇から歩く。その先には宇野がいた。

「宇野さんは大学に向かう橋本くんを目撃したと証言しています。至近距離ですれ違ったため見間違いとは思えません。ですが橋本くんが、同じ時間にパスタ屋にいたのは間違いありません」

宇野の額《ひたい》に汗がにじんだ。店員と宇野のどちらかが勘《かん》違い、もしくは嘘を吐いたことになる。店員が橋本をかばう理由はないし、パスタ屋にはバッグという物的証拠もある。

「ところで破壊されたドローンはカメラ内蔵式で、映像をＳＤカードに記録する機種でした。精密機器は衝撃に弱いですが、果たしてデータが全て消失するものでしょうか。そこで復元を試《こころ》みました」

「はっ？」

宇野が目を剝《む》く。牟田は昨晩、赤沢からドローンに使用されていたＳＤカードを入手した。幸いにも事件以降も上書きされずに部内の引き出しに置かれていた。映研が使用する機材は旧式ばかりで、最新の規格だと合わないことが多いらしい。

美兎の映画出演の説得に協力すると約束したら、赤沢は素直に渡してくれた。実現するかわからないが、努力だけはするつもりだ。

紗雪がタブレット端末をバッグから取り出して掲《かか》げた。

「実は環美兎や柔道部の方々と同様に、我々も警察にそれなりのコネがあります。捜査には最先端の技術が導入されています。そこで特別に記録の復元をお願いし、映像データをクラウドにアップロードしてもらいました」

真実を明らかにするためにはデジタル・フォレンジックと呼ばれる捜査法で使われる、警察の最新技術が必要だった。本来なら職権濫用《らんよう》だが、振り込め詐欺事件でお世話になった松下刑事に紗雪が頼み込んだところ、内緒で引き受けてくれた。

プロジェクターの準備を進める。カーテンを引くと教室は蛍光灯だけで照らされた。宇野は全身に汗をかいていた。巻き上げ式のスクリーンを広げる。プロジェクターから光が照射され、牟田は明かりのスイッチを消した。

プロジェクターに映像が投影される。ドローンで撮影した映像は、ハンディタイプのデジタルビデオカメラと遜色《そんしょく》ない鮮明さだ。構内が空撮で映され、学生たちが顔を上げて指差している。校舎や樹木をすり抜けて飛び続ける。

「初めての撮影にしては上々だな」

赤沢が満足そうな笑みを浮かべる。ドローンが壊れたせいで、空撮映像は一度も観《み》ていないのだ。ドローンは敷地奥に進み、古びた体育館の裏手に回る。人の姿は全くない。体育館裏は薄暗く、雑草の生《は》えた地面から湿っぽさが伝わった。

奥に進むと二人の男性が画面に映り込んだ。上空から撮影しているせいかドローンに気づいた様子はない。一人は柔道着の中年男性、片方はグレーのジャージの若者だ。背格好から小山田と宇野のように見えた。

映像内で年配の男性が腕を引く。牟田が息を呑んだ直後、若者の脇腹を殴《なぐ》った。青年が膝《ひざ》をつくが、中年男性が髪をつかんで引き上げた。そして腹部に膝蹴《げ》りを入れる。

若者が顔を歪めながら面《おもて》を上げた。宇野の目線がカメラに合う。ドローンが移動し、校舎裏から離脱した。紗雪がタブレットを操作し、早戻しして暴力の場面で一時停止する。

直後に榊が震える声で叫んだ。

「絶対にまだ続けていると思っていたよ」

パワハラの訴えは間違いだと認定された。しかし目の前の映像から推測すれば、榊も暴力を受けていたことは明白だろう。

「ふざけるな。こんな小さな映像では俺だと断定できない」

「映像処理すれば、より鮮明になりますよ」

牟田が蛍光灯を点けると、小山田の紅潮する顔が照らし出された。紗雪は小山田に構わず宇野に向き合う。

「宇野さんは暴行を受けている最中にドローンを目撃し、証拠映像となることを怖れた。大学にドローンが没収されたと知ったあなたは、映像の中身をまだ誰も知らないと判断したのでしょう。映研部室に侵入し、ＳＤカードのデータを読めなくするためスマホで初期化した。そして映像が目的だったことを隠すためにドローンを破壊したのですね」

「それはおかしいです」

納得できない牟田が疑問を狭むと、紗雪が興味深そうに首を傾げた。視線が集まるなかで牟田は質問をぶつける。

「加害者が実行するなら理屈に合います。でもなぜ被害者が映像を消すのでしょう。証拠映像があれば、パワハラがあった事実を告発できますよね」

「パワハラじゃない」

宇野の怒りの形相《ぎょうそう》に牟田は口をつぐむ。

「部外者が勝手に決めるな。あんなの大したことじゃない。榊の告発も鬱陶《うっとう》しかった。マスコミが嗅《か》ぎつけたら、どれだけの人間が迷惑を被《こうむ》ると思ってるんだ」

「暴力は許されるべきじゃない。特に立場を利用した不法行為は絶対に見過ごしてはいけない」

紗雪が毅然と言い放つが、宇野が鼻で笑った。

「ふざけるな。俺が受けたのは正しい指導だ」

「宇野、やめろ」

小山田が焦った様子で制止するが、目を血ばしらせた宇野は止まらない。

「監督は部員のために拳《こぶし》を振るってくださっているんだ。厳しい指導のおかげで俺は成長できている。榊も感謝すべきなのに、逆《さか》らうなんて軟弱なんだよ。何も知らない連中が、監督の愛情を否定するな」

「いい加減にしろ！」

　小山田が怒鳴りながら腕を振り上げた。宇野が気をつけの姿勢を取ると、正気に戻ったのか小山田が顔を引きつらせる。そして腕を下ろし、乱暴な足取りで出入口に向かった。宇野が茫然《ぼうぜん》とした顔で小山田を見送り、それから慌てた様子で追いかけた。

　二人の姿が教室から消え、牟田は身体が弛緩《しかん》するのを感じた。暴力の予感は周囲に緊張を強《し》いるらしい。

　教室に視線を戻すと、紗雪と美兎が向き合っていた。牟田が近づくと、二人はお互いにだけ聞こえるくらいの声量で言葉を交《か》わした。

「他人の冤罪を晴らすのは罪ほろぼしが目的かしら。他人を助けても、あなたの父親がママを殺した事実は変わらない」

「父は無実だよ」

　紗雪の返事に美兎が歯を食いしばり、背中を向けて出て行った。ドアの閉まる音が乱暴に響く。紗雪が座り込む橋本の前に移動し、深々と頭を下げた。

「美兎の推理を聞くために、あなたへの報告を遅らせてしまった。本来なら一昨日の時点で無実を証明できたのに、私の勝手な理由であなたを苦しませた。本当にごめんなさい」

ワンショルダーバッグを発見した時点で、橋本の無実は証明できていた。橋本が首を横に振り、紗雪に笑顔を向ける。

「いいんです。それよりも助けてくれて、本当にありがとうございました」

橋本は安らいだ表情で、目には涙が浮かんでいる。赤沢がカーテンを開けると、秋の柔らかな光が教室に射し込んだ。

5

ディナータイムのタヴェルナ・イルソーレのカウンター席で、紗雪が濃密な色の赤ワインを堪能《たんのう》している。普段店が出しているボトルより価格が数倍で、本来なら高級なリストランテで出すイタリア産の高級ワインだった。

橋本は紗雪に感謝し、礼をしたいと申し出た。紗雪は勝手に調査しただけだと固辞《こじ》したが、橋本はそれでは気が収まらないと引かなかった。そこでワインが好きだと教えたところ、高価なボトルを贈ってきた。ドローン弁償のために貯めた費用で購入したらしい。そして紗雪は喜んでイルソーレに持ち込んだのだった。

「橋本くんの大学の柔道部、大変みたいだね」

紗雪が赤ワインを堪能しながら牟田に訊ねる。柔道部は活動停止に陥《おちい》っていた。榊が弁護士を雇《やと》い、大学に内容証明郵便で証拠映像と質問状を送ったのだ。

学内は大騒ぎになり、事態はマスコミにも伝わった。記者会見が行われ、第三者委員会による再調査が決定した。

さらに現役の柔道部員や退部者からの告発も相次いだ。以前は恐怖に怯えたり、宇野が裏から脅すなどして口を封じていたというのだ。小山田は暴力を振るう際に慎重に人目を避け、告発しそうにない相手を選別していた。

小山田は暴力行為を認め、指導に熱が入ったせいだと釈明している。現在は謹慎《きんしん》中だが、実績のためか擁護《ようご》の声も少なくないという。そして監督を支持する一部の学生やOBの怒りは、橋本や榊などの被害者に向かっていた。

紗雪が牛ハラミのタリアータを頬張《ほおば》る。焼いた肉を薄く切るシンプルな料理で、パルミジャーノチーズのスライスとルッコラが添えてある。甘めのバルサミコ酢ソースは牛肉の味を引き出し、さらに赤ワインとの相性も抜群だという祁答院の自信作だ。

「部活動は休止状態でも、橋本は味方になってくれる部員やOBと市民体育館で自主練に励んでいます。榊さんも練習に参加しているようですよ」

赤沢から橋本への謝罪も行われた。赤沢は犯人と決めつけたことを後悔している様子だという。橋本も態度の悪さを反省し、両者の和解が成立した。

ドローンを壊した宇野には大学が謹慎処分を下した。赤沢には騒動を知った家族が弁償したらしい。現在は家族のもとでカウンセリングを受けていると聞いている。

宇野が罪を犯したのは事実だが、発端は理不尽《りふじん》な暴力にある。宇野の心が救われることを牟田は願った。

ラストオーダーの時間が過ぎ、牟田は店頭の看板をCLOSEにした。客は紗雪しか残っていない。店内に戻ると、祁答院がワイングラスを二つ用意していた。

「どうしたんですか？」

「ボトルの持ち込みを許可する代わりに、私たちにも飲ませるよう頼んだの」

「いいんですか？」

紗雪がグラスに赤ワインを注いだ。

「橋本くんを冤罪から救うことができたのは、牟田くんが無実を信じたからだよ。信じ抜くことは冤罪を晴らすために絶対必要なことだけど、何より難しいことでもあるんだ」

牟田としては友人を助けたいという気持ちに、濡《ぬ》れ衣《ぎぬ》に苦しんだ自分の体験が重なっただけだと思っている。だが今は素直に受け取ることにした。祁答院の合図で互いのグラスを触れ合わせると、甲高《かんだか》い音が鳴った。

紗雪はなぜ冤罪にこだわるのだろう。理由を知りたかったけれど、教室での美兎とのやりとりが脳裏《のうり》に浮かび、牟田は何も言えなくなる。

赤ワインに口をつけない牟田を、紗雪が不思議そうに見つめる。

慌ててグラスを傾けると、鼻孔にハーブのような複雑な香りが飛び込んできた。信じられないくらい美味《おい》しい。粘度を帯びた触感が舌の上を滑《すべ》り、ベリーを思わせる華やかな甘みと心地良い渋みが口の中に広がった。

第三話　痴漢事件とヒラメ裁判官

1

駅から歩いて十分、県庁や警察本部などが建ち並ぶ区画に地方裁判所はあった。牟田幸司は近くにあったカフェに入り、エスプレッソを飲みながら紗雪《さゆき》からの連絡を待つ。小さなカップを口に運ぶと、コーヒーの濃密な苦みと砂糖の甘さを感じた。窓から見える裁判所は、建物に年季が入っているのが遠くからでもわかった。

紗雪から裁判が終わったとメッセージが届く。目の前の歩道を、コート姿の通行人が通り過ぎる。十二月も半《なか》ばだが例年より気温が低く、天気予報では記録的な厳冬《げんとう》になるらしい。窓のサッシには結露《けつろ》した水が溜《た》まっていた。

紗雪は五分ほどで到着し、テーブルを挟《はさ》んだ正面に腰かけた。

「今日はわざわざすみません」

「気にしないで。私にとっても研究対象だから」

水のグラスを置いた店員に、紗雪がコーヒーを注文した。

「傍聴《ぼうちょう》はどうでしたか？」

「先入観はできる限り与えたくない。なるべく聞いたままを話すから、有罪か無罪かは牟田くん自身が考えて」

「わかりました」

店員がコーヒーを運んできて、紗雪が両手でカップを包み込んだ。冷えて白くなっていた指先が朱に染まる。紗雪は先ほどまで迷惑行為防止条例違反の裁判を傍聴していた。会社員の男性が電車の中で、女子高校生に痴漢行為を働いた容疑で逮捕された事件だ。担当する裁判官は、牟田の父親である牟田裕三《ゆうぞう》だった。

発端は一週間前までさかのぼる。紗雪が湯気の立つコーヒーをすする。その様子を眺《なが》めながら、父の職場まで来るに至った経緯を思い返した。

裁判官は転勤が多いため、小さい頃から牟田は日本各地を転々としていた。牟田の両親は数年前に離婚し、姉は弁護士として独立した。東京の大学に牟田の進学が決まり、父は現在の赴任《ふにん》先である関東の地裁の公務員宿舎で一人暮らしをしている。母は再婚して遠方に住んでいる。

父子で暮らす案もあったが、赴任先から大学までは県境を跨《また》いでいた。さらに牟田が一人暮らしの経験をしたかったこともあって、別々に暮らすことになった。ただし片道一時間程度の距離であるため、牟田は二ヶ月に一度の頻度《ひんど》で父の住まいに顔を出していた。

先月訪ねた際、牟田は夕食時に父の異変を感じ取った。話しかけても生返事で、顔色も悪い。さらに食後はすぐに自室へ引き上げてしまったのだ。

後片付けをしはじめた牟田は、台所にあった酒瓶《さかびん》の量に衝撃を受ける。以前から晩酌《ばんしやく》はしていたが、ウイスキーの空《あ》き瓶が何本も溜まっていたのだ。悩みでも抱《かか》えているのかと心配しつつ、その夜は宿舎に泊まった。

夜中に目が覚《さ》めた牟田は、父の仕事部屋から明かりが漏《も》れていることに気づく。覗《のぞ》き込むと父が机に突っ伏していびきをかいていた。裁判官は宅調《たくちよう》といって、自宅で仕事を進める日がある。子供の頃から父に仕事部屋は立入禁止だと言い聞かされていた。牟田は罪悪感を抱《いだ》きながら足を踏み入れる。

机上にはウイスキーのボトルが置かれ、グラスからアルコール臭が漂《ただよ》っていた。父が深酒で酔い潰《つぶ》れる姿など見たことがない。起こすべきか迷っていると、父が寝言をつぶやいた。『冤罪《えんざい》』と聞こえ、さらに『……有罪にするしかない』と続けた。

傍《かたわ》らに置かれたファイルが目に入る。そこには平原登《ひらはらのぼる》という氏名と迷惑行為防止条例違反という文字が印字され、真横に有罪と鉛筆で書き込まれていた。

父が身動《みじろ》ぎし、牟田は足音を立てずに部屋を出る。

客間の布団に戻ってすぐ、スマホで平原登という名前を検索した。すると同姓同名の男性が電車内で痴漢容疑によって逮捕されていた。

しかし平原は無罪を主張しているようだった。起訴後に保釈され、現在は冤罪を訴える活動をしていた。裁判はこれから開かれるらしい。

父のメモや寝言が真実なら、事前に判決内容を決めていることになる。牟田は裁判官である父親を尊敬していた。だからこそ結論ありきで裁判に臨《のぞ》むなんて信じられなかった。

牟田は自宅に戻ってからも平原登の情報を追い続けた。裁判当日が近づき、傍聴したいと考えるようになった。しかし法廷では裁判官席から傍聴席が丸見えだ。事件のことを調べていると父に知られるのは避けたかった。そこで牟田は紗雪に相談した。一部始終を伝えると、興味を抱いた紗雪が代わりに傍聴することになったのだ。


暖房とホットドリンクで身体が温まったのか、紗雪の頬《ほお》が上気していた。バッグからメモ帳を取り出し、裁判の詳細を語りはじめる。

九月末、駅のホームで平原登が痴漢容疑で逮捕された。被害者は女子高校生で、裁判中はAと呼ばれていた。未成年が被害を受けた性犯罪なのだから当然の配慮だろう。

Aは通学のため混雑した朝の電車に乗っていた。上り電車は午前七時半、北浦野《きたうらの》駅を定刻通りに出発する。数分後、Aは制服のスカート越しに臀部《でんぶ》を触《さわ》られた。

はじめは満員電車であるため、Aは偶然かと考えた。身体《からだ》を動かして避《よ》けたが、手の感触が追いかけてきたことで痴漢だと確信した。

「Aは最初、恐怖もあって我慢してやり過ごそうとした。電車は浦野中央駅に到着し、痴漢の手は離れた。安堵《あんど》したのも束《つか》の間《ま》、発車したらすぐに痴漢行為が再開したの」

Aは決意を固め、手が伸びてきた方向に「やめてください」と訴えかけた。すると会社員風の男性──平原が「あ、すみません」と軽い調子で謝罪を口にした。

悪びれない態度にAは強い憤《いきどお》りを感じた。数日前に痴漢に遭《あ》った友人が泣いていたことを思い出し、怒りが膨《ふく》らんだ。

直後に電車は南浦野駅に到着する。Aはホームに降りる平原を指差し、「痴漢です！」と叫んだ。周囲は騒然となり、平原は焦《あせ》りながら否定した。

「近くにいた男性数人が、平原を取り押さえた。駅員や鉄道警察隊が呼ばれ、迷惑行為防止条例違反の現行犯で逮捕されたというわけ」

平原は近くの警察署に連行され、取り調べを受けた。一貫して容疑を否認したため、警察は釈放しなかった。期限ぎりぎりまで勾留《こうりゅう》されてから起訴され、その後に保釈が認められた。

検察が犯人と主張する根拠は主に三つあった。

一つはAと平原の車内での距離が近かったため、誤認する可能性が低いことだ。

次に平原の謝罪は痴漢行為を認めたから、という判断だ。しかし平原は痴漢行為に対しての謝罪ではないと説明している。満員電車内は接触が避けられず、乗車区間はカーブが多かった。身体がぶつかるなどの迷惑をかけたのだと考え、「すみません」と口にしたというのが平原の主張だった。

三つ目の検察の根拠は、被害者のスカートから平原のＤＮＡが検出されたという鑑定結果だ。ＤＮＡは決定的な証拠に思える。しかし弁護側の反証だと、平原は以前から肌荒れが酷《ひど》かった。特に冬場は乾燥で手の皮膚が剝《は》がれやすいというのだ。

平原は小柄なため、直立状態で手が被害女性のスカートの高さにあった。窮屈《きゆうくつ》な電車内で剝がれた皮膚片が、スカートに付着する可能性は充分に考えられた。

逮捕後、平原は警察による微物《びぶつ》検査に従った。その結果、手の甲や小指側の側面からスカートの繊維が検出された。しかし手のひらからは採取できなかった。この点は検察が有罪、弁護人は無罪の証拠としてそれぞれ主張している。

また弁護人は裁判で、第三者のＤＮＡを無罪の根拠に挙《あ》げた。警察がスカートを鑑定した結果、平原の他に三名のＤＮＡが検出された。そのうち二名は被害者本人と母親の物だ。そしてそれ以外に父親ではない男性のＤＮＡが検出されたのだ。

スカートは事件前日に母親が自宅で洗濯していた。Ａは家族以外にスカートを触るような人物に心当たりはないと証言している。つまり平原とは別の男性が触《ふ》れた可能性が高いのだ。

話を終えた紗雪が辛《つら》そうな表情で目を閉じた。

「誰でも傍聴できるといっても、やっぱり痴漢の裁判は複雑な気持ちになるな。被害者にとって、多くの人に事件の経過やプライバシーを知られることは苦痛だろうから」

「傍聴をお願いしてしまい、本当に申し訳ないです」

「被害女性が衝立《ついたて》越しに、裁判官に向けて主張する場面があったんだ。犯人は平原で間違いない、厳罰を求めると訴える声は、気の毒なくらい震えていたよ」

セカンドレイプという言葉がある。性犯罪の被害を受けた人がその後、周囲の人物や医師、捜査員の心ない発言、加えて犯罪事実が報道などで広まることによって、さらなる心理的な傷を負うことを意味する。

牟田は被害女性の心の傷の深さについて考える。しかし男性である牟田がどれだけ考えても、辛さを想像するのは難しいように思えた。そしてわからないからこそ、被害者の痛みを不用意に扱うことは許されない。

「ここまで聞いた印象はどうだった？」

牟田は返事に窮《きゅう》する。ナイーヴな問題だからこそ慎重に判断するべきだ。

「被害者には申し訳ないですが、無罪か有罪かで迷っています」

Aは痴漢が触れている最中に手をつかんだわけではない。離れた後に平原を痴漢と指差すまで間があるのだ。さらに正体不明の第三者のDNAも検出されている。言葉を濁《にご》したが、無罪寄りだと考えていた。

「実は私は、無罪だと思ったんだ」

紗雪と同じ感想を抱いたことに胸をなで下ろすが、被害者の気持ちを考えると不謹慎《ふきんしん》だとも感じる。

牟田はコーヒーに口をつける。ソーサーに置いたところで危うくコーヒーカップを倒しそうになり、動揺している自分に気づく。

裁判官には双方の主張が書面で全て提供される。紗雪が得た情報は全て把握していることになる。それなのに父は有罪前提で判決を進めている可能性があるのだ。

「事件について調べるなら協力するよ」

紗雪が心配そうな眼差《まなざ》しで牟田を見ている。

「いいんですか？」

「痴漢事件は冤罪研究で避けて通れないからね。それに冤罪が生み出されようとしているなら見過ごせないよ」

「ありがとうございます。すごく助かります」

父が本当に有罪ありきで裁判を進めるつもりなのか確証はない。無関係な人物が調査することで不快に思う人も出るだろう。だが牟田は動かずにはいられなかった。

牟田は窓の外に目を向ける。高校生くらいの気の強そうな少女が、同年代の男子を急《せ》かしながら歩いていた。学校は休みなのだろうか。裁判所に用事があるようで、二人は古びた建物に向かっていった。

平原は裁判後に、夕方からビラ配りをする予定だとSNSに書いていた。場所はなぜか平原が逮捕された南浦野駅ではなく、となりの浦野中央駅だった。

薄暗い駅前は、帰宅する会社員や学生が目立った。バスターミナルの前に、『痴漢冤罪から救ってください』と書かれたのぼりが揺れている。スーツ姿の男性が通行人に大声でビラを渡そうとするが、大半は無視していた。

牟田たちが近づくと、平原がビラを渡してきた。小柄な男性で、どこにでもいる会社員といった雰囲気だ。

紗雪がビラを受け取ってからお辞儀《じぎ》をした。

「先ほどメッセージをお送りした遠藤紗雪です」

「ああ、あなたたちでしたか」

平原が背筋《せすじ》を正してお辞儀をする。実直な印象で、痴漢とは縁遠いように感じた。しかし先入観を持たないほうがいいと思い直す。判断は物的な証拠のみで行うべきだ。

SNSを通じて、詳《くわ》しい話を聞きたいと連絡してあった。紗雪が大学名と冤罪の研究をしていることを伝えると、平原は快《こころよ》く承諾してくれた。牟田の素性と名前、目的は隠してある。後ろめたいけれど、裁判官の息子と名乗れば警戒されるだろう。

「本日はお時間を作っていただきありがとうございます」

「より多くの人に問題を知ってもらいたいですから」

ビラ配りを切り上げた平原と一緒に近くの喫茶店に入る。

改めてビラを見ると『目撃者を探している』と大きく書いてあった。痴漢行為は北浦野駅ではじまった。浦野中央駅で停車した後も続き、南浦野駅に到着したところで平原は逮捕された。それなのに南浦野駅ではなく浦野中央駅でビラ配りをしている。その理由について平原が教えてくれた。

「私はドア付近に立っていました。すると北浦野駅あたりで、ＯＬ風の女性のイヤホンのコードが私のボタンに絡《から》まったんです。その女性なら、北浦野駅から浦野中央駅まで痴漢をすることが無理だと証言してもらえます」

平原が希望に満ちた目で言った。コードをほどくため、浦野中央駅に到着する直前まで二人で苦心していたという。女性は三十歳前後で、グレーのパンツスーツ姿だった。髪は茶色のショートカットで、赤色のイヤホンをつけていたそうだ。

「女性は浦野中央駅で降りていきました。だから駅前でビラを配っているのですが、半月も経《た》つのに全く見つからないのです」

平原が肩を落とす。ビラ配り以外にも、同じ時間帯に電車に乗り込んで探そうともしたらしい。だが逮捕時の恐怖に襲われて満員電車に乗れなかった。そこで友人が代わりに乗り込んで調べているが、手掛かりは得られないでいた。

ふいに、平原の口元に優しげな笑《え》みが浮かぶ。

「家族や同僚は私を信じてくれています。会社もすぐには馘《くび》にせず、休職扱いにしてくれました。みんなのためにも私は潔白を証明する必要があるのです」

警察の執拗《しつよう》な取り調べを受け、虚偽《きょぎ》の自白をするケースは実際に起きている。否認すれば長期にわたって拘束《こうそく》される。認めれば釈放だと極限状態で二択を迫られ、目の前の自由を選んでしまうのだ。そこには、後で真実を訴えれば認められる、と考えてしまう心理も働く。先日の橋本の件とよく似ている。

一度認めてしまえば、社会的な制裁から逃《のが》れるのは困難だ。会社を解雇され、家族や友人からも見放される可能性が高いのだ。だが平原は強い意志で無罪を訴え続けた。それは家族や友人が支えになったからでもあるのだろう。

「その女性は本当に、浦野中央駅で降りたのでしょうか」

「どういうことですか?」

紗雪の唐突な問いに、平原が訝《いぶか》しげな視線を向けた。

「車両を移動しただけということも考えられます。平原さんは何号車にお乗りでしたか」

紗雪の発音はアナウンサーのように明瞭《めいりょう》かつ落ち着いたトーンで、人を惹《ひ》きつける力がある。

「2号車ですが」

「その女性に普段、別の車両に乗る習慣があったと仮定します。降りる駅の階段が近いなどの理由が考えられますが、当日寝坊などで駆け込み乗車をして、普段と違う2号車に乗る羽目《はめ》になった可能性はないでしょうか」

　スマホで2号車付近に階段がある駅を探す。

　結果、北浦野駅の一つ手前の駅が該当していた。

「そういえばあの女性は、とても急いだ様子だった気がします」

「本来は北浦野駅で車両を変える予定だった。でもイヤホンのせいで不可能になったのかもしれません。根拠のない推論ですが、参考になれば幸いです」

　違う車両に駆け込んだのであれば、いつもの電車に乗り遅れた可能性もある。もっと早い電車を利用するのであれば、同じ時間帯に探しても見つからないはずだ。

「正直行き詰まっていたのです。参考にさせてもらいます」

　紗雪の推理に平原が深く頭を下げる。誠実な態度に好感を抱くが、痴漢被害者への気遣《きづか》いがないことが引っかかった。だが牟田も冤罪で苦しんでいた時、不審者に苦しむ亜梨朱《ありす》を心配する余裕はなかった。

　紗雪に話していないことがあった。

　平原の公判中、カフェを出てこっそり牟田は裁判所内を歩いた。父に遭遇する可能性もあったが、居《い》ても立ってもいられなかったのだ。

　牟田はひと気のない廊下の隅《すみ》で、うずくまる少女と行き合った。泣き声を押し殺し、母親らしい女性が背中を優しくさすっていた。

牟田はすぐにその場から立ち去り、裁判所を後にした。少女が痴漢事件の被害者に思えてならなかった。少女の嗚咽《おえつ》は牟田の耳にずっと残っている。

被害者は平原を犯人だと確信している。

平原は無実だと主張し、潔白を証明しようと奮闘している。

どちらが正しいか今の牟田にはわからない。両者の主張を聞き、結論を下すのは裁判官の仕事だ。その重圧は想像を絶する。だからこそ牟田は裁判官を務《つと》め続ける父を尊敬していた。その父が結論ありきで裁判に臨《のぞ》むとは思いたくなかった。

喫茶店を出ると外は完全に夜になっていた。電車に乗り込み、一時間かけて見慣れた街に戻る。夜空は澄んでいるけれど、星はほとんど見えなかった。

紗雪と別れて自宅に向かっていると、スマホに電話があった。取り出す指が寒さでかじかむ。ディスプレイには牟田千種《ちぐさ》と表示されていた。

「幸司？」

「姉さんどうしたの」

姉の千種の声は普段より低かった。弁護士として忙しい日々を送っているせいか、連絡を取り合うのはひさしぶりだ。

「命に別状はなかったから安心して聞いて。父さんが職場で倒れて救急車で搬送された」

「えっ」

思わずスマホを落としそうになる。父の職場なら数時間前に訪れたばかりだ。姉が入院先の病院を教えてくれる。牟田は踵《きびす》を返し、今来たばかりの道を逆に走った。

2

父は裁判所内で倒れた。当事者同士の話し合いで使用されるラウンドテーブル法廷で、弁論準備手続を開始しようとしたらしい。だがその矢先に、急にうずくまったのだ。本人曰《いわ》く眩暈《めまい》の後に意識が遠くなったという。

居合《いあ》わせた弁護士は姉の知人だったため、すぐに千種に連絡が入った。父は搬送先で意識を取り戻し、命に別状はない様子だった。そこで外《はず》せない案件があった千種に代わって牟田が向かうことになったのだ。

父は病室のベッドで分厚い法律書を読んでいた。牟田に気づくと、居心地《いごこち》悪そうに入院着の背中を丸めた。

「ただの過労だから、わざわざ来なくてもよかったんだ」

検査の結果、大きな病気は見つからなかった。牟田は父から本を取り上げた。

「寝不足や過労が原因だったんだね。病院で一晩ゆっくり身体を休めてよ」

「多くの案件が待っているんだ。本当は今すぐ帰りたいくらいだ」

昔から生真面目《きまじめ》で、他人に迷惑をかけることを何より嫌った。父が窓の外に目を遣《や》る。病院から裁判所まで百メートルもないが、暗いため建物は見えなかった。

「最近調子が悪そうだけど、悩みごとでもあるの?」

「普段通りだ」

表情を変えずに言うが、目の下の隈《くま》は先週より濃くなっている。去年五十歳を越えて、急激に白髪《しらが》が増えたように思う。

「官舎から着替えを持ってくるよ」

一泊とはいえ準備は必要だ。ドアに手をかけると、背後から呼びかけられた。

「書斎の資料は見ては駄目《だめ》だぞ」

「わかってるって」

盗み見をした過去があるため、後ろめたい気持ちで病室を出る。

官舎は病院の最寄り駅から電車で三十分ほどだ。途中、痴漢事件の発生区間を通った。目的の駅に到着し、十五分ほど歩いて公務員宿舎に到着する。飾り気のない団地式の集合住宅で、汚れの目立つ外壁が街灯に照らされている。

以前は裁判所近くに公務員宿舎があった。しかし公務員の福利厚生が民間と較《くら》べて贅沢《ぜいたく》だと批難を浴びて整理縮小されたのだ。単身者向けの部屋が埋まっているため、父は夫婦向けの2LDKで生活をしていた。

合鍵でドアを開けて、着替えや歯ブラシを用意する。仕事部屋に入るか迷ったが、今回は我慢する。準備を済ませて戸口を出ると声をかけられた。

「幸司くんだよね」

中年女性の姿が蛍光灯に照らされていた。四十代後半くらいで髪にパーマを当てている。見知った顔だったので牟田は小さく会釈《えしやく》した。

「こんばんは、梅郷《うめさと》さん」

「裕三さんの着替えよね。急に倒れたと聞いたから心配していたの」

「単なる過労みたいです。一晩入院したら復帰できるようです」

梅郷真智子《まちこ》は裁判所書記官を務める父の部下だ。同じ公務員宿舎のすぐ上の階で暮らしているため、何度か挨拶《あいさつ》をしたことがある。

真智子は手にしたプラスチック容器に視線を落とした。

「肉じゃがを多めに作ったのだけど、入院中なら食べられないかしら」

真智子は母子家庭で、高校生の息子との二人暮らしだ。牟田の両親と同じく離婚経験があり、一人暮らしの父を何かと気にかけてくれている。

「ありがたくいただきます。冷蔵庫に入れておくので父も喜ぶと思います」

「そうなら嬉《うれ》しいわ」

真智子が朗《ほが》らかに笑う。父曰く職場でも終始物腰が柔らかく、職員たちから慕《した》われているらしい。牟田が容器に手を伸ばすと、真智子が申し訳なさそうに目を伏せた。

「牟田さんが倒れないよう、職場で見守っておくわ。幸司くんもお父さんについて気になることがあったら、何でも相談してね」

「助かります。そういえば父は最近何かに悩んでいるようでしたが、心当たりはありませんか」

牟田は容器を受け取りつつ、早速《さっそく》その言葉に甘えることにした。容器越しの肉じゃがはまだ温かかった。真智子は悩ましそうに頰に手を当てる。

「牟田さんは事件を多く抱えて、いつもお疲れのご様子よ。でも先日出た高裁判決では、特に落ち込んでいたみたいね」

「なるほど。ありがとうございます」

真智子が口にする高裁判決について、牟田はすでに把握している。その時、見知った顔が階段を上がってきた。

「あ、大地《だいち》くん。おかえり」

「ども」

真智子の息子の大地が、牟田に首だけで会釈をした。線が細く穏《おだ》やかそうな顔立ちが母親によく似ている。真智子が振り向き、開口一番息子に訊《たず》ねた。

「おかえりなさい。校内模試の結果はどうだった？」

「上位二十パーセントには入れた。……順位は前回より下がったけど」

大地がばつが悪そうな様子で答えると、真智子の表情が曇った。牟田の知る限り、真智子は大地と成績の話ばかりしている。

「そんなことじゃ第一志望に合格できないわ。あなたの最終目標は司法試験なのよ。大学入試なんかでつまずいている場合じゃないの」

普段の朗らかな表情から一変し、真智子の声に険が含まれる。高校二年生の大地は受験まで一年余りあるが、より上を目指すなら時間はいくらあっても足りないのだろう。大地が申し訳なさそうにうなずいた。

「ごめん、次はもっと上を目指すよ」

「その意気よ。大地のことを信じているからね」

真智子が朗らかな笑みを浮かべると、大地の口元が小さく引きつった。それを見た牟田はつい口を挟んでいた。

「大地くんの学校の上位二十パーセントはすごいね」

「……ありがとうございます」

牟田の褒《ほ》め言葉に大地がはにかむ。大地の通う高校は父の職場近くにある県内屈指《くっし》の進学校だ。優秀な生徒ばかりのなかで上位に入ったのは褒められるべきだろう。しかし真智子は眉《まゆ》をひそめている。他人の家庭の事情に首を突っ込むのは失礼だったかもしれない。真智子親子はまた会釈をして、連れ立って上の階にある自宅に帰っていった。

真智子には、経済的な事情で司法試験をあきらめた過去があると聞いたことがあった。

牟田は手にした容器を冷蔵庫にしまうため、父の部屋に戻った。

乗りたかった電車が目の前で発車していく。次の電車は十五分後だ。牟田はあまりの寒さにホーム上のガラス張りの待合室に避難した。プラスチックの椅子に腰かけて見慣れない夜景を眺める。

父に疑念を抱いた理由は、盗み見と寝言以外にもあった。

牟田はここ最近、立て続けに冤罪と関わっている。そこで刑事事件に興味を抱き、最も身近な法律関係者である父の名を興味本位で検索したのだ。

牟田は結果に目を疑う。出てきたのは牟田裕三への批難ばかりだったのだ。特に一年前に父が有罪判決を下した痴漢裁判についてのコメントが荒れていた。

その事件の被告人は痴漢で逮捕されるより前に事故に遭っていた。右手首に障害が残り、少し動かすだけで激痛が走るというのだ。

その事実は医者の診断書によって明らかだった。そして車内の監視カメラによって、左手で吊革《つりかわ》を持っていることも証明されていた。

現実的に考えれば被告人の犯行は不可能だ。だが父は『痛みに耐えれば、痴漢は不可能とはいえない』と有罪判決を下した。そして事件は控訴され、高裁で逆転無罪の判決が出された。その後、検察は上告せずに無罪が確定している。

つまり父は一度、痴漢事件で間違った判決を下しているのだ。

痴漢事件の多くは物的証拠がほとんどない。繊維や皮膚片が残らない場合もあるし、監視カメラが設置された車両も稀《まれ》だ。だからこそ被害者の証言が重視される傾向にあった。

痴漢冤罪を危惧《きぐ》する声も根強く存在する。痴漢冤罪を題材にした映画が話題になり、痴漢被害を装《よそお》った脅迫事件が起きたことも影響するのだろう。

日本では逮捕と有罪を同等に考える人が大半だ。否認する容疑者を拘束し、氏名を公表することは社会的制裁になる。容疑段階で会社を馘になることも珍しくない。だからこそ誤認逮捕は許されない。

だが一方で、不用意に被害者を批難することも間違っている。恐怖と羞恥《しゅうち》に耐え、勇気をもって犯人を捕まえようと試《こころ》みたのだ。もし冤罪だと判明しても被害者を責めるべきではない。警察が容疑者を逮捕し、検察が証拠を精査して起訴を決める。そして最終的に裁判官が判決を下す。冤罪を防ぐ機会はいくつも設《もう》けられている。冤罪においては被害者ではなく、捜査機関や司法が責任を負うべきなのだ。

一方で、牟田は前から疑問に思っていた。警察官や検察官、裁判官は全力で職務に当たっているはずだ。それなのになぜ過《あやま》ちが起きてしまうのだろう。

電車が到着し、空いたシートに腰かけてため息をつく。今日は一日の大半を電車内で過ごしている。時刻は夜九時を回っていた。牟田は目を閉じて、電車の揺れに身を任《まか》せた。


二日後、牟田と紗雪は、北浦野駅から下り方面に一つ隣の駅で降りた。紗雪の推理は正解だったらしく、平原がビラ配りをしてすぐ女性が名乗り出たのだ。

平原は紗雪に同席を依頼した。冤罪に詳しいことや、女性の発見に一役買った洞察《どうさつ》力に期待したのだろう。牟田はおまけとして参加させてもらうことになった。

本来なら弁護人が立ち会うのが筋だ。だが当番制度で選任された弁護人は目に見えて意欲が低く、この日も別の案件を優先させたらしい。

平原と三人で土曜の混雑したカフェで待つ。女性の証言で運命が変わるのだ。平原は紅茶のカップを持つ手が震えている。約束の時刻の五分前、女性が声をかけてきた。

「先日電車でお会いした方ですよね」

ショートカットの茶髪と三十前後くらいの年齢は、平原の目撃証言と一致している。女性が椅子に座る前に丁寧《ていねい》にお辞儀をした。

「おひさしぶりです。先日は電車内でイヤホンを絡ませてしまい、申し訳ありませんでした。私は三喜田優乃《みきたゆの》といいます」

三喜田が席に座り、紗雪たちがそれぞれ自己紹介をする。それから三喜田は平原が逮捕された日の出来事について教えてくれた。

三喜田は普段、南浦野駅から上り方面で二つ進んだ駅で乗り換《か》えていた。大勢の乗客が移動するため階段に近い車両を選んでいるという。だがあの日は寝坊して一本乗り遅れ、さらに駆け込み乗車のせいでいつもと違う2号車に乗ることになった。紗雪の推理は正解だったのだ。

「本当は北浦野駅で車両を変えたかったけど、イヤホンが絡んだせいで先延ばしになりました。そこで浦野中央駅で移動したんです」

三喜田は5号車に乗り込んだ。その後一駅進んだ南浦野駅で電車が停まる。

「発車予定時刻を過ぎても電車が動かなくて苛々《いらいら》したのを憶えています。ホームの離れた場所で騒ぎが起きているようでしたが、平原さんが痴漢として逮捕されているとは思いませんでした」

電車は五分遅れで発車し、三喜田は会社に遅刻してしまったという。

カフェは満席になり、騒がしさが増していた。

「北浦野駅から浦野中央駅までの間、平原さんはコードを解《ほど》くのを手伝ってくれました。痴漢なんてできなかったと法廷で証言させてもらいます」

バッグから取り出したイヤホンは平原の証言通り赤色だった。

「ありがとうございます」

平原が深く頭を下げる。声が涙ぐんでいた。ようやく無実を証明してくれる人物が現れたのだ。しかし紗雪が厳《きび》しい口調で水を差した。

「安心するのは早いです。裁判に絶対はありません。予想もしない判決が下されることは珍しくないのです。浦野中央駅から南浦野駅までの間で痴漢は可能だと認定される可能性はあります。油断をせず証拠を積み上げるべきです」

被害妄想《もうそう》かもしれないが、父の過去の判決について言及されているように感じた。すると三喜田が思い詰めたような表情を浮かべた。

「その件なのですが、実は今回名乗り出たのには理由があります。私もあの路線で痴漢の被害に遭っているんです」

三喜田が嫌悪感で顔を歪《ゆが》める。三ヶ月ほど前に一度、満員の通勤電車で痴漢に遭遇していたのだ。三喜田は尻を触ってきた相手の手にボールペンを突き立てて撃退したという。

「力の強い男性の反撃は怖《こわ》いし、相手を傷つける行為にも躊躇《ためら》いを覚えました。誰でも対処できるとは限らないけど、私はいつも全力で振り払うことに決めてるんです」

痴漢は小さく悲鳴を上げて腕を引いた。振り向いて捕まえようとしたが、相手の正体に驚いたせいで反応が遅れてしまう。

「想像よりずっと若かったんです。怯《おび》えた顔は今でも記憶に焼きついています」

三喜田には痴漢の年代が中高生くらいに見えたらしい。学ラン姿だったが、どこの学校かは見分けられなかった。学ランの学校は多数存在するため特定は難しいだろう。

三喜田が躊躇《ちゆうちよ》する間にドアが開き、人の流れのなかで痴漢を見失ってしまう。

「あれ以降、その子を電車で見かけなくなりました。でも実は平原さんが逮捕されたというあの日、同じ車両に乗っていたんです」

三喜田を避けて時間帯を変えたのかもしれない。捕まえるか迷ったが、証拠がないため断念したという。そこで牟田は疑問を挟んだ。

「三ヶ月前に一度だけ見た人の顔を憶えているのですか？」

目撃証言の曖昧《あいまい》さなら身に染《し》みている。すると三喜田が得意げに笑った。

「顔を見分けるのが大得意なんです。一度会った人なら数年後でも記憶してますよ」

先ほども、三喜田は混雑する店内で先に平原を発見して声をかけた。同年代の男性は他にもいたはずだ。

「一度だけ会ったことのある友達のお兄さんに、十年ぶりに再会したことがあるんです。旅先で偶然入ったカフェの店員さんだったんですが、声をかけたら気味悪がられちゃいました。みんなは私みたいに顔を憶えられないんだと、大人になってから気づきました」

「スーパーレコグナイザーなんですね！」

紗雪が目を輝かせ、身を乗り出した。

「えっ、えっと。スーパー？」

三喜田は身体を仰《の》け反《ぞ》らせ、平原が困惑《こんわく》した表情を浮かべていた。紗雪が滑舌《かつぜつ》の良い早口で説明する。

「スーパーレコグナイザーは、人間の顔を識別する能力に長《た》けた人です。人間の顔を区別する力は個人差がとても大きいのですよ」

警察には指名手配犯の人相を記憶し、雑踏《ざっとう》の中から目視《もくし》で探し出す『見当たり捜査』という手法があるという。非効率に思えるが、過去に大勢の指名手配犯を逮捕しているのだそうだ。見当たり捜査の警察官がスーパーレコグナイザーであるとは限らないが、人間が顔を識別する能力は生まれつきだけでなく、訓練によっても精度が高くなるらしい。

紗雪がいそいそとバッグからスマホを取り出した。

「スーパーレコグナイザーと思われる方に実際に会うのは初めてです。連絡先を交換してもらえますか？」

「えっと、はい」

三喜田がうなずき、紗雪と連絡先を交換する。

好奇心を満たして冷静になったのか、紗雪が恥ずかしそうに身を縮ませた。三喜田が居住《いず》まいを正してから、真剣な眼差しを平原に向ける。

「痴漢を逃《のが》したこと、ずっと後悔していました。私が捕まえれば次の被害者は出なかったはずです。未成年でも躊躇すべきではありませんでした。しばらく通勤時にあの少年を探します」

三喜田が責任を感じる必要はないが、それでも心にしこりが残ってしまったのだ。

「あの……」

発言するべきか悩んだが、牟田は小さく手を挙げた。

「その少年以外に痴漢を目撃したことはありますか？　それとあの路線で他の世代の痴漢が出没した噂《うわさ》なども知っていれば教えてください」

「どうなのでしょう。私は聞いたことがありませんが……」

三喜田が首を横に振る。唐突《とうとつ》な質問だったが、平原は不審に思っていない様子だ。小さな可能性を潰すためだと思われたのだろう。

店を出て、牟田と紗雪は帰りの電車に乗り込んだ。週末の昼間の車内は適度に空《す》いている。ボックス席に向かい合って座ると、紗雪が牟田に訊ねてきた。

「お父さんのお見舞いはいいの？」

「退院しましたし、来なくていいと断られました。それに夜から用事があるんです」

父は仕事に復帰したらしい。紗雪が口元に手を当て、思案顔で言った。

「違っていたら申し訳ないのだけど、お父さんを痴漢として疑っていた？」

「……よくわかりましたね」

指摘は図星だった。少年以外の痴漢の存在を聞いた目的は、父が痴漢の犯人ではないかと疑念を抱いたためだ。父の暮らす宿舎から裁判所までの通勤路は、平原の事件の路線と同じだ。父が出勤時に同じ車両に乗っていても不自然ではない。

「裁判官の不祥事を調べれば、すぐに性犯罪が出てくるからね」

紗雪が苦々《にがにが》しい表情を浮かべた。近年何人かの裁判官が逮捕され、弾劾裁判を経《へ》て罷免されている。それらは児童買春や盗撮、ストーカーなどの女性を狙《ねら》った犯罪ばかりだった。他にも元裁判官の法務省幹部が盗撮で捕まっている。

父が犯人であれば、不合理な有罪判決にも得心する。誤認逮捕された人間を有罪にすれば、真犯人は罪から逃れられるのだ。

会話が少ないまま電車に揺られ、自宅の最寄り駅で紗雪と別れる。今日はひさしぶりに姉と夕飯を食べることになっていた。

3

イルソーレのテーブル席で待っていると、姉の千種が時間に遅れてやって来た。

「雰囲気のいいお店だね」

店内を物珍しそうに見渡してから正面に座る。仕立てのよい濃紺のジャケットとタイトスカート、白色のブラウスはキャリアウーマンといった佇《たたず》まいだ。普段より眉毛がきりっとした印象に描き足されている。牟田の知る、だらけきった姉とは別人だった。

千種は弁護士として働きはじめて二年目になる。ここしばらくは多忙のため疎遠《そえん》になっていたが、父の入院報告をきっかけに牟田が食事に誘ったのだ。千種はなぜか牟田のバイト先を指定してきた。本音は断りたかったが強引に押し切られてしまった。昔から姉に逆《さか》らえた試《ため》しがない。

今日は牟田とは別のホール担当のアルバイトがいるのに、なぜか祁答院《けどういん》がテーブルに水とおしぼりを置いた。

「幸司くんのお姉さんですね。本日はお越しいただき感謝します」

「弟がいつもお世話になっています。ご迷惑はかけていないでしょうか」

「迷惑なんてとんでもない。当店に欠かせない大事なスタッフです」

猫を被《かぶ》った二人の社交辞令に、少しだけ空々《そらぞら》しい気持ちになる。千種はワインリストから最も高いワインボトルを注文した。店としては嬉しいが、思いきった注文だ。千種が料理メニューを牟田に手渡した。

「料理はあんたに任せる。ところで父さんの様子はどうだった？」

「実は倒れる前から疲れている感じだったんだ」

祁答院が赤ワインとお通しを運んでくる。グラスにルビー色の液体を注ぎ、ボトルをテーブルに置いた。お通しはマッシュルームのトリフォラーティだった。きのこの炒《いた》め煮というシンプルな料理だが、素材の味が楽しめる逸品だ。フォークで口に運ぶと、濃厚なきのこのジュースが舌の上に広がった。

「すごく美味《おい》しい。あんたいい店で働いてるね」

お通しを味わった姉が口角《こうかく》を上げた。好みに合っていたようだ。赤ワインは豊かな酸味とほのかな渋みを感じた。

牟田が注文した料理を、祁答院が次々と運んでくる。

千種はイルソーレの料理と酒に満足したようで、頬を赤く染めていた。頃合いだと思った牟田はワイングラスを置き、緩《ゆる》んだ笑顔の千種の前で息を吸い込んだ。

「父さんの仕事ぶりを調べたんだ」

「うん」

千種はナイフとフォークで、分厚い脂《あぶら》がついた鴨《かも》肉を切り分けている。

「正直評判がよくなかった。姉さんは同じ業界にいるから、父さんの評価は耳に入ると思う。父さんの仕事がどう言われているのか教えてほしいんだ」

「なぜ知りたいの？」

姉が鴨肉を口に運びながら、鋭い視線を向けてくる。平原の件はまだ話せない。牟田は言える範囲の本音を慎重に言葉として紡《つむ》いでいった。

「父さんにはずっと感謝をしてきた。離婚をしても子供に当たらず、真面目《まじめ》に仕事に取り組んでいた。家事もやっていたし、僕を大学に通わせてくれている」

「そうだね。私も父さんを尊敬している」

「ネットではいい加減な判決を下す裁判官という悪評が飛び交《か》っている。でも実際の評価がどうなのか、身近な人の声を聞きたいんだ」

父は誤判を起こした。だが数少ない失敗の一つなのか、再び起こす危険性があると思われているのか知りたかった。

「わかった。でも後悔しても知らないよ」

そう前置きしてから、千種はコップの水を飲んだ。

裁判に臨むに当たって、裁判官が誰になるかは弁護士にとって重要な要素らしい。同じ事件でも裁判官によって判決が変わることがあるためだ。理由は個々人による思想の違いもあれば、裁判官の能力も関係してくるという。

「最初に断っておくけど、裁判官の仕事量は異常なんだ。裁判官は司法試験を突破したなかで成績上位者しか採用されない。つまり日本でもトップクラスの事務処理能力が高い人たちなの。そんな人たちでも対処しきれないほど、膨大《ぼうだい》な仕事を抱えているんだ」

千種は民事裁判を例として挙げた。

日本の民事裁判は半分近くが和解で落ち着くらしい。和解になれば判決を出さずに裁判を切り上げることができる。双方の利益を考え、遺恨《いこん》をなくすために和解を提示する裁判官が大半だ。しかし一部には判決文を出す労力を惜しみ、仕事量を減らすために和解を勧《すす》める裁判官もいるのだそうだ。

「ハズレの裁判官は実際にいるんだよね」

千種がため息をつく。判決文の辻褄《つじつま》が合わない。誤字脱字が多い。弁論準備手続で訴訟内容を把握していない。法廷で居眠《いねむ》りするなど注意すべきポイントは多いらしいが、父も評判の悪い裁判官の一人だった。

一部の裁判官は多忙のあまり、資料を読み込まずに裁判に臨む。そういった裁判官が下す判決にはある傾向が生まれるという。

「日本の刑事裁判の有罪率が九十九パーセント以上なのは有名だよね。あれは検察が無罪になりそうな案件は不起訴にしているからなの。だから検察が起訴したら、間違いなく有罪と思い込んでいる裁判官がたまにいるんだ。加えて無罪判決は時間がかかるからね」

検察は有罪までの筋道をつけた上で起訴をする。つまり検察の描いたシナリオに沿《そ》えば、労せずに判決文を書くことができる。時間の短縮に繋《つな》がるが、有罪という前提で裁判を進めれば被告人にとって不利になる。

「もちろん検察は優秀だから、起訴まで持っていった人が有罪である可能性は高いのかもしれない。だけどそこで思考停止する裁判官は絶対に間違っている」

また無罪判決は、起訴をした検察の面子《メンツ》を潰すことになる。さらにその無罪判決が高裁でひっくり返されれば自分の評価の低下にも繋がる。そういった理由からも無罪判決を出そうとしない裁判官が実際に存在するらしいのだ。

「あと、裁判官の人事制度にも原因があるんだ。父さんの赴任先が地方だったり、給料が他の裁判官と較べて上がらないことについて、母さんは何度も不満を漏らしていたよね」

牟田はうなずく。離婚して出て行った母は常々《つねづね》、父の転勤先や給料に文句をつけていた。裁判官はそもそも高給だと思うし、転勤があることは結婚時にある程度わかっていたはずだ。牟田は母の苦情を理不尽《りふじん》だと感じたこともある。

「裁判官の待遇は人事評価で大きく変わるの。評価が上がらなければ、生涯年収は億単位で差が付く。転勤先だって東京近辺だけに留《とど》まる人もいれば、不便な土地に何度も飛ばされる人もいる。父さんはずっと地方都市の裁判所を転々としていたよね。母さんは他の裁判官と比較して父さんの待遇が気に入らなかったんだと思う」

冷遇を避ける目的で、上役の顔色ばかり窺《うかが》う裁判官がいる。最高裁や検察、国家などの権力におもねる裁判官を、『ヒラメ裁判官』と揶揄《やゆ》するのだそうだ。

「父さんはヒラメ裁判官の一人だと思う。数年前、裁判資料を失《な》くしたこともあるんだ。そのせいで戒告《かいこく》処分を喰らって以降、人事評価に人一倍敏感らしいんだよね」

「それ覚えてる。少し前にも父さんから、あの時と似た連絡をもらったよ」

千種があきれたように目元に手を当てた。

「またやらかしたのかな。今回は大丈夫ならいいけど」

牟田が高校生の時、父が血相《けっそう》を変えて自宅で探し物をしていたことがあった。茶封筒を見なかったか聞かれたのを憶《おぼ》えている。裁判資料の紛失によって裁判官が分限《ぶんげん》裁判にかけられ、過去に何人も処分されているそうだ。

先月も父が電話をかけてきた。前日に父の宿舎を訪問していた牟田に、茶封筒の行方を訊ねてきたのだ。心当たりはないと返事をして、以降は何も聞かれていない。

千種がグラスにワインを注ぎ足した。

「裁判官の制度上、仕方ない部分もあると思う。私たちを育ててくれた恩も感じている。だからこそ身内の悪口を耳にするのは心苦しいよ」

伝聞で知った牟田より、同じ業界に身を置く千種はより一層《いっそう》辛いはずだ。祁答院がやって来て、テーブルにブイヤベース風パスタを置いた。魚介とトマト、サフランが華やかに香る。牟田はトングでパスタを小皿に取り分け、魚介を多めにして千種に渡した。

「教えてくれてありがとう。それと、僕が父さんを尊敬していることは変わらないよ」

「それならよかった」

千種がパスタを幸せそうに頬張《ほおば》る。ソースにはオマール海老《えび》やムール貝など海鮮の旨《うま》みが詰まっていた。平打ちパスタのタリアテッレはもちもちした食感で、ソースによく絡む。ふいに大昔、家族一緒にイタリアンレストランで食事したことを思い出した。いつかまたみんなで御馳走《ごちそう》を食べたいと牟田は願った。

姉は全額支払ってくれた。駅まで見送った後、スマホで祁答院に感謝のメッセージを送信する。アルコールで火照《ほて》った顔に冬の空気が気持ちよかった。

自宅アパートまでの帰途、父から電話がかかってきた。

「もしもし」

「幸司か。今、話は大丈夫か」

「平気だよ」

コンクリートブロックに寄りかかると、背中越しに冷えが伝わった。路地は暗くて、空には北極星が輝いている。酔った頭に父の声がひどく近く感じられた。

「私の担当事件を調べているというのは本当か」

平原の事件を調べていると、どこかから父に伝わったらしい。情報源に興味が湧《わ》くが、質問しても答えは返ってこないだろう。牟田は壁から背を離して背筋を伸ばした。

「平原登さんの事件を調べているよ」

「なぜお前がそんなことをするんだ。私の立場を考えろ。担当判事の身内が一方に手を貸すなど、公平さに欠けると思われるだろう」

「父さんが居眠り中に資料が目に入ったんだ」

電話越しに父が息を呑《の》むのがわかった。

「これまで散々、資料を見るなと言い聞かせてきたはずだ」

「ごめん。盗み見に関しては弁解のしようもない」

スマホを介して言葉を探す気配が伝わる。狭い路地を女性が一人で歩いてくる。目の前を通り過ぎるとき、女性は警戒する態度で歩《あゆ》みを早めた。

父が何かを言う前に、牟田は口を開いた。

「僕は父さんが信念をもって判決を出すと信じているよ」

「それはどういう意味だ」

「出過ぎたことを言って本当にごめん」

牟田は通話を打ち切る。再度の着信はなかった。アルコールは足取りを覚束《おぼつか》なくさせたけれど、頭は奇妙なほどに醒《さ》めていた。

帰宅してすぐ、紗雪からメッセージが届いた。三喜田が電車内で例の少年を発見したという報告で、校章も顔も写真を撮影したというのだ。

『盗撮は後ろめたいけど、平原さんを救うために仕方ないと割り切ろう』

紗雪が前置きしてから画像を送信してきた。写真を見て、牟田は息を呑む。画面に映る高校生を知っていたのだ。

4

朝の公務員宿舎の敷地内で子供たちが走り回っていた。牟田がチャイムを鳴らすと、トレーナー姿の梅郷大地がドアを開けた。大地は牟田の顔に目を丸くする。

「幸司さん、どうしたんですか？」

「勉強で忙しいかもしれないけど、大事な話があるんだ」

大地の顔が強張《こわば》る。無言でうなずき、支度《したく》を整えるため室内に戻った。着替えた大地は玄関を出て、部屋のなかに声をかけずに震える手で施錠《せじょう》した。

牟田は大地を徒歩数分の公園に連れてきた。休日のため子供連れが多く、父子が笑顔でキャッチボールをしている。片隅に東屋《あずまや》があり、紗雪が先に待っていた。大地に紗雪を大学の先輩だと紹介する。木製の椅子に座ると木肌の冷たさが尻に伝わった。

「電車での痴漢の件といえばわかるよね」

「……はい」

紗雪の問いかけに、大地が涙目でうなずく。

三喜田が撮影した写真を見た牟田は、知り合いの梅郷大地だと報告した。高校も一致しているし、通学路に痴漢の起きた区間が含まれている。

「痴漢行為を受けた女性から、あなたが犯人だという指摘があった。犯人の手にボールペンを突き立てた女性だけど、この事実に間違いはない？」

大地がうなずく。青ざめた顔から大量の汗が流れている。

「どうして、そんなことをしたの？」

牟田はなるべく優しい口調で問いかける。すると大地の目から涙がこぼれた。

最初は満員電車で女性の身体に偶然手が当たっただけだったと、大地は泣きながら答えた。犯罪だという自覚はあったが、痴漢行為に伴《ともな》うスリルによってストレスが晴れたというのだ。

「勉強が辛かった。本当は司法試験なんて受けたくないんだ。でも弱音《よわね》を吐いたり別の進路を仄《ほの》めかすだけで母さんは怒り狂うんです。勉強が難しくて全然ついていけない。俺はもう耐えられない」

大地の呼吸が荒くなり、今にも倒れるのではと心配になる。牟田は動機に困惑する。痴漢とは、性欲が抑《おさ》えられなくなった結果として行われるものと思い込んでいたからだ。牟田の疑問を感じ取ったのか、紗雪が渋い顔で口を開いた。

「痴漢が性欲だけで行われるとは限らない。窃盗《せっとう》を繰り返すクレプトマニアという精神障害も、生活に困っていないのに盗んでしまう。アルコールや薬物のように、物を盗む行為に依存してしまうの。大地くんの痴漢行為も似た状況なのかもしれない」

大地がすがるような顔を紗雪に向ける。自分の症状を解説してくれたことに希望を抱いたのだろうか。だが紗雪は厳しい顔を崩さない。

「大地くんには専門家の治療が必要なのだと思う。だけど身勝手な性暴力によって、被害者に多大な苦痛を与えたことは事実だよ。どんな理由があっても、それは自覚しなくちゃいけない」

大地が怯えの表情を浮かべた後、はっきりとうなずいた。それから肩を震わせ、声を押し殺して嗚咽を漏らす。収まるのを待ってから紗雪が訊ねた。

「その女性以外にも痴漢行為を働いているよね。九月の終わりに別の男性が逮捕された事件も、大地くんがやったのかな」

「そうです。大人の人が捕まって、怖くなって逃げました」

牟田と紗雪は顔を見合わせて息を吐いた。平原の無実は証明された。DNAが大地と一致すれば決定的だろう。牟田は目の周《まわ》りを腫《は》らした大地に質問する。

「この事実を知っている人は他にいるかな」

「……母に伝えました」

現場から逃げた大地は、身代わりとなった男性がすぐに解放されると楽観した。真犯人は自分なのだから当然だ。しかし起訴されたことを知り、怖くなった大地は真智子に全てを打ち明けたというのだ。

「そうしたら母は『私に任せなさい』と言いました。『あんたは何も心配せずに勉強を続けなさい』と説得されて、その後も何も変わらない生活が続きました」

「お母さんは今どこにいるの？」

紗雪の表情が鋭くなり、大地が困惑顔で首を横に振った。

「わかりません。幸司さんが来る少し前に、用事があると言って出て行きました」

「お母さんがどんな靴を履《は》いていったかわかるかな」

「えっと、そういえば玄関にサンダルがなかった気がします」

紗雪が立ち上がると、大地が怯えたように身を仰け反らせた。

「牟田くんのお父さんの部屋に行きましょう。この季節にサンダルなら遠くには出かけていない。宿舎にある別の部屋に向かった可能性は高いと思うんだ」

牟田が紗雪を追いかけると、大地も戸惑《とまど》いの表情を浮かべながらついてくる。早足で公園を出て、路地を曲がると正面に宿舎の建物が見えた。

「真智子さんが裁判について、父に働きかけたということでしょうか」

「そう考えるのが自然だと思う」

「つまり二人は深い仲だと？」

大地が犯人だとしても、父が判決を歪める理由には繋がらない。ただし父と真智子が親密であれば動機になる。すると背後から大地が異議を唱《とな》えた。

「それはないと思います。一緒に暮らしていれば何となくわかります」

大地は自信がありそうだ。母子の二人暮らしであれば信憑性《しんぴょうせい》は高いように思える。宿舎の敷地に入り、父の部屋のある棟《むね》に向かった。部屋の前に到着し、ドアノブに手をかけると鍵がかかっていた。

「やめなさい」

ドア越しに父の声が小さく聞こえた。部屋で何かが起きている。チャイムを鳴らしても反応がない。牟田はキーホルダーを取り出し、合鍵を使ってドアを開けた。チェーンキーは幸いかかっていない。玄関に見慣れないサンダルが脱ぎ捨てられていた。

「母のです」

大地がつぶやくと、部屋の奥から声が届いた。

「幸司か。入ってくるな！」

ドアを開ける音が聞こえたのだろう。父の叫びは切迫していた。牟田は靴を履いたまま上がった。背後から紗雪に制止されたが、リビングに飛び込む。

目の前の光景に絶句する。目を血走らせた真智子が包丁を持ち、父がテーブルを挟んで身構えていた。父に怪我はないようだ。追いかけてきた大地が泣きそうな声で叫んだ。

「母さん、何やってるんだよ」

「どうして大地がここにいるの。これは違うの。勘違《かん》いしないで」

　真智子が切《き》っ先《さき》を向けたまま、引きつった笑みを浮かべる。牟田は身体が動かなくなる。以前、暴力を振るう男に見境《みさかい》なく突っ込んだことがある。だが死に直結する刃物の恐怖は桁《けた》違いだ。怯える牟田の脇を抜け、紗雪がリビングに足を踏み入れた。

「包丁を下ろしてください」

　紗雪が告げると、真智子は手元を見て目を剝《む》いた。まるで自分が握っていることに驚いたような反応だ。それから包丁を投げ捨てた。

　紗雪が素早く駆け寄って拾い上げる。真智子がにこやかに喋《しゃべ》りはじめた。

「幸司くんも急にどうしたの。そちらのお嬢さんはどなたかしら。私は牟田先生と仕事の話をしていたの。勘違いしないでね。料理のお手伝いをしていただけなのよ」

「大地くんは痴漢の罪を認めました」

　紗雪が告げた瞬間、真智子の人相が変わった。

「うちの大地がそんなことするわけないでしょう！」

　眉間《みけん》に深い皺《しわ》が入り、目の端がつり上がる。般若《はんにゃ》を思わせる顔は、牟田の知る真智子とは別人だ。真智子が金切り声で唾《つば》を飛ばした。

「この子は司法試験に合格するのよ。弁護士だけじゃなく裁判官や検察官にもなれる。そんな優秀な子が痴漢なんてするはずないわ」

「もうやめて。俺は自首するから」

「あんたは黙ってなさい！」

真智子の怒号《どごう》が響き渡る。大地は一瞬怯《ひる》んだが、ゆっくり歩み寄っていく。涙を溢《こぼ》しながら、母親の手を握りしめた。

「もう辛くて耐えられないんだ。お願いだから、ちゃんと罪を償《つぐな》わせて」

大地が床に膝《ひざ》をつける。真智子が茫然《ぼうぜん》と息子を見下ろし、座り込んで大地を抱きしめた。真智子の表情は憑《つ》きものが落ちたようだった。直後、牟田の足から力が脱け、その場に尻餅《しりもち》をつく。

父が近づき、手を差し伸《の》べてくれた。だが腰が抜けたせいで立ち上がれない。紗雪が深くため息をつき、包丁をシンクに置いた。

5

ディナータイムのタヴェルナ・イルソーレのテーブル席で、牟田はワイングラスを傾《かたむ》けていた。水牛《すいぎゆう》のモッツァレラチーズは岩塩やオリーブオイル、イタリアンパセリで味付けしてある。イタリア直輸入で、ミルキーな風味とコクのある旨みが絶品だった。

時刻は夜七時で、テーブルの向かいには紗雪が座っている。祁答院は厨房《ちゆうぼう》でフライパンを振るい、オリーブオイルで熱したニンニクの香りが店内に漂っていた。

今日の食事会は父の希望で開催された。騒動が一段落したのを受け、紗雪に礼をしたいと申し出たのだ。しかしその父から仕事が押して遅れるという連絡が入った。そのため先にはじめていたのだ。

当初は有名ホテルの会席料理が候補に挙がった。しかし紗雪が遠慮し、最終的にイルソーレに落ち着いた。千種が父に勧めたのも理由の一つらしい。

父は真智子から脅迫を受けていた。退学となれば大学受験に大きく影響する。前科や前歴がついても弁護士にはなれるが、裁判官や検察官になれる可能性は潰《つい》えるという。

真智子は書記官の権限を使って事件を調べた。その結果、平原が無罪になる可能性も充分に考えられた。さらに証拠として大地のものと思われるＤＮＡも検出されていた。

そして真智子は平原を有罪に陥《おとしい》れようと考えた。日本の裁判は一事不再理《いちじふさいり》だ。つまり有罪の判決が出れば、原則として同じ事件の裁判は再び行われない。

真智子は担当裁判官の牟田裕三に目をつけた。

父はここ最近、仕事場でも悩む姿が目立っていた。裁判所では毎月、部署ごとの事件処理状況が回覧される。処理した事件が新規に受理した事件を上回り、担当している案件の総数が減れば黒字と呼ばれ、逆の場合は赤字と呼ばれるという。それらは『売り上げ』と称され、裁判官の人事に大きな影響を及ぼすのだそうだ。

父は毎月赤字続きだった。さらに有罪判決が覆《くつがえ》されたことで世間からバッシングを受けるなど、人事評価が下がりきっていた。

仕事を溜め込んでいた父は、案件ごとの書類の入った封筒をデスクの脇に積み上げていた。宅調になると封筒を鞄《かばん》に突っ込み、自宅に持ち帰っていた。そのため父がデスクを空けた隙《すき》に真智子が封筒を盗み出すのは容易《たやす》かった。

資料を紛失した父は戒告処分を恐れた。裁判官一筋に生きてきた父にとって裁判所内での出世は重要だった。出世や評価の低さを理由に離婚を切り出されたことも、父が評価に執着《しゅうちゃく》する理由になっていた。

真智子は一緒に働くなかで、父が人事評価を気にしていることを感じ取っていた。そして資料を拾ったと嘘《うそ》を吐《つ》いた上で、紛失の事実を公表すると脅《おど》した。そして大地のことは隠しつつ、平原を有罪にするよう迫ったというのだ。

父は帰宅途中の電車で居眠りすることがあった。そのため書類は自分が失《な》くしたのだと信じた。父は要求を受け入れるか悩んだようだ。そして酒量が増えた上に日々の激務が重なった結果、心労で倒れることになる。

そんな折、真智子は牟田幸司が父の異変について調べていることを会話から察知する。牟田の行動を追うとすぐに、痴漢事件を調査していることがわかった。それを父に知らせることで、調査をやめるよう圧力をかけさせたのだった。

しかし父は息子との電話で、改めて正義を貫《つらぬ》く決意を固めた。

真智子を自宅に呼び、良心に従って判決を下すと宣言した。真智子は考え直すよう求めたが父は拒否する。激昂《げきこう》した真智子は台所にあった包丁を手に取った。父が落ち着くように説得しているまさにそのとき、牟田が部屋に入ってきたのだ。

公務員宿舎での騒動の後、大地は真智子と一緒に警察に出頭した。鑑定の結果、痴漢の被害女性のスカートから検出されたＤＮＡと、大地のＤＮＡが一致した。大地は逮捕されたが勾留はされず、その後は家裁で観護措置とされ、少年鑑別所に移送された。平原の裁判は次回の公判で無罪判決が出る見通しだ。

真犯人が逮捕されても、被害を受けた少女の心の傷が癒《い》えるわけではない。しかし一つの区切りとして、回復が進んでくれることを牟田は願った。

真智子は窃盗と強要の罪を犯したが、父は被害を届け出ないことに決めた。大地の更生をサポートする人が必要だという判断からだ。立ち直りを支える存在は必要だ。家庭裁判所がどのような審判を下すかはわからない。だが真智子は、何があっても大地の心に寄り添うと誓ったという。

予定時刻を大幅に過ぎてスーツ姿の父が姿を現した。席についてすぐ、父は紗雪に深々とお辞儀をした。

「今回の件は心から感謝している。君のおかげで道を踏み外さずに済んだ」

「いえ、そんな。どうか頭を上げてください」

紗雪が困り顔を浮かべている。顔を上げた父は、なぜか紗雪をじっと見つめた。そこでホールのアルバイトに注文を聞かれた。父はメニューを見ずに烏龍茶《ウーロン》を注文した。酒を控えるつもりのようだ。

料理が次々に運ばれてくる。今日は祁答院に料理を任せていた。父のおごりなので、高めの予算を告げている。高級食材をたっぷり使った品々は普段以上の満足感があった。

平目《ひらめ》のカルパッチョが出てきたとき、父は苦笑いを浮かべていた。祁答院も意図してメニューに加えたわけではないだろう。脂の乗った平目は歯応《はごた》えが良く、オリーブオイルと塩でシンプルに食べると身の甘さが存分に楽しめた。

あっという間にデザートまで食べ終えると、祁答院がコーヒーを振る舞ってくれた。ティラミスの濃厚な後味を、コーヒーが舌の上から洗い流してくれる。父がエスプレッソに口をつけてから、アルコールで頰を朱に染めた紗雪に訊ねた。

「聞きたいことがあるのだが」

「何でしょう」

店内にBGMが響いている。軽快な旋律《せんりつ》は『ライフ・イズ・ビューティフル』のテーマ曲だ。

「君は遠藤世志彦《よしひこ》氏の娘さんだね」

紗雪の顔色が変わる。なぜ父が、紗雪の父親の名を知っているのだろう。

「私も牟田裕三さんが、父の裁判の右陪席《ばいせき》だと知っていました」

牟田が父親の職業を告げたときに、紗雪は明らかに動揺していた。あれは自分の父親の裁判に携《たずさ》わった裁判官の一人が、牟田の父親だと気づいたからなのだろうか。

父が歯を強く食いしばり、絞《しぼ》り出すように言った。

「今さらと思うかもしれない。私は裁判長と左陪席の主張を覆せずに第一審で有罪とした。だが私は遠藤さんに、無罪の心証を受けていたんだ」

紗雪は何か言おうとしているが、目を見開いたまま唇を細かく震わせていた。軽《かろ》やかだがどこか物悲しい曲が店内に流れている。牟田は部外者であることを自覚しながら、二人を見守ることしかできなかった。

第四話　罪に降る雪

1

朝から冷たい雨が降っていた。

図書館の窓に水滴がついている。牟田はかすかな雨音を聞きながら、過去の新聞の縮刷版をパソコンで閲覧《えつらん》していた。

八年前、環瑠美《たまきるみ》という四十歳の女性が殺害された。当時小学生だった牟田は近所に住んでいたはずだが、事件について全く憶《おぼ》えていない。

瑠美は美兎《みと》の母親だ。そして紗雪《さゆき》と美兎は当時、中学二年生だった。

報道によると遺体を発見したのは、事件当日の夕方に帰宅した瑠美の夫、環恒雄《つねお》だった。死因は脳挫傷《のうざしょう》だという。そして事件発生から二日後、紗雪の父である遠藤世志彦《よしひこ》が逮捕される。世志彦は、事件のあった日の昼間に環の自宅を訪れたとされている。

世志彦は逮捕直後は容疑を否認していたが、その三日後には犯行を自白した。環家には事件時に瑠美以外誰もおらず、世志彦は部屋にあったブロンズ製の置物で瑠美の頭部を殴《おう》打《だ》して立ち去ったというのだ。

世志彦が起訴されると、事件はほとんど報道されなくなった。唯一、その後の取り調べで自白を撤回したことが地域面の片隅《かたすみ》に小さく報じられている。

牟田はディスプレイから目を離す。集中して文字を追っていたせいで、目がひどく疲れていた。牟田は伸びをしてから気分転換のため席を立つ。

年末休みのせいか学生の姿が多い。玄関付近に外の冷たい空気が入り込む。淀《よど》んだ空気を耐え難《がた》く感じていた牟田は、長椅子に座って深呼吸をした。

当時の新聞には一通り目を通した。東京の片隅で発生した殺人事件は扱いが小さく、週刊誌でも取り上げられた形跡はない。これ以上の情報収集は関係者から直《じか》に聞く他なさそうだ。

雨が降り続き、コンクリートにできた水溜《みずた》まりにいくつもの波紋が生まれている。

牟田の父である裕三は、紗雪に対して遠藤世志彦が無罪である心証を受けたと懺悔《ざんげ》した。殺人などの重大事件を裁くとき、裁判所では合議審という三人体制で裁判に臨む。その際に最も立場が上の裁判官が裁判長になり、二番手の裁判官が右陪席《ばいせき》に座る。そして最も若い裁判官が左陪席に座る。父は世志彦の裁判に右陪席として携《たずさ》わった。

突然の告白に戸惑《とまど》う紗雪に、父は続けた。

裁判資料を検討した当時の父は、犯行を決定付ける証拠がないことに疑問を抱《いだ》いた。警察の捜査によって、環宅からは複数の宝飾品が紛失していたことが判明する。瑠美が両親から相続した品々で、どれも高価な物だった。警察は強盗殺人の線も疑ったが、第三者が侵入した形跡は見られなかった。世志彦の自宅からも発見されていない。どこかに売却された形跡も見つからず、宝飾品はそのまま行方知れずになった。

凶器からは指紋やDNAは検出されなかったが、瑠美の自宅から世志彦の毛髪が発見された。世志彦は瑠美の自宅には足を運んでいないと主張したが、毛髪が発見されたことで警察は疑惑を深めたようだ。牟田の父は第三者が偽装のため毛髪を置いた可能性も排除できないと意見を述べたが、考えすぎだと相手にされなかったという。

裁判長は警察での自白調書に注目し、有罪ありきで考えていた。そして若い左陪席は裁判長に従った。裁判長は検察での否認に関しても、自分に不利な証言を一度でもするはずがない、という考えに基《もと》づき一旦《いったん》罪を告白した事実を重視したという。

実は世志彦と瑠美は、若い頃に交際していた過去があった。そのため裁判長は痴情《ちじょう》のもつれによる殺人という、ありふれた案件として審理を進めた。世志彦は取り調べで瑠美との関係について、現在はただの友人だと説明していたという。

裁判中、父は世志彦の様子に不安を抱いたそうだ。公判が進むにつれて精気が失われ、質問にも返事が遅れるようになった。長期間の拘禁《こうきん》が引き起こした鬱《うつ》症状だったのだろう。

地方裁判所は、世志彦に無期懲役の有罪判決を下した。世志彦は控訴したが、その数日後に首吊《つ》り自殺した。刑務官が少しの間目を離した隙《すき》に起きた悲劇だった。

紗雪は当時、遠方に住む親戚の元に身を寄せていた。そのため世志彦との面会は一度もしていなかった。裁判も傍聴せず、父親の異変に気づけなかった。控訴審は被告人の死亡を受けて打ち切られた。

牟田は自動販売機でブラックコーヒーを購入する。タブを開けて口をつけると、強い苦みが舌に広がった。

牟田は紗雪に対し、世志彦の事件を調べ直そうと持ちかけた。

世志彦は一審判決の後に死を選んだ。父も関わった有罪判決が、自殺の後押しをしたのではないか。担当裁判官の息子が責任を感じる必要はないのだろうけれど、何かせずにはいられない。

一旦は返事を保留した紗雪だったが、一緒に調査することに同意してくれた。

スマホにメッセージが届き、牟田は建物を出て傘《かさ》を差した。駐車場で目当ての車を発見し、覗《のぞ》き込むと運転席に紗雪がいた。傘を閉じ、急いで助手席に乗り込む。

「お待たせ」

「いえ、迎えに来てくれて助かります」

濡《ぬ》れた傘を後部座席の足元に置く。シートベルトを締めると紗雪はアクセルを踏んだ。

「すごい雨だね」

紗雪の声は緊張を帯びていて、公道に出てすぐワイパーの速度を上げた。

到着した地域は古びたビルが並んでいた。建物の外壁はひび割れ、人の通りもまばらだ。紗雪は安全運転で車通りの少ない道を進む。

「昔は問屋街として繁盛していたらしいよ。でも不況の煽《あお》りで廃業した店ばかりみたい。八年前も寂《さび》れていたけど、ここまで酷《ひど》くはなかったな」

多くのビルに商店の看板が残っているが、大半がシャッターを下ろしている。雨に煙《けぶ》っているせいか、町全体がくすんでいる気がした。

車が速度を落とし、茶色い外壁のビルの前で停まる。馬場《ばば》商会という看板が掲《かか》げられ、一階の店舗は営業をしていた。

「ここですね」

牟田がドアレバーに指をかけると、紗雪はハンドルに手をかけたまま運転席で深呼吸をしていた。目を強く閉じ、青ざめた顔をしている。

「僕一人で行きます」

「そういうわけにはいかないよ」

紗雪が首を横に振るけれど、ハンドルを握る手は震えている。

「遠藤さんはここで待っていてください」

強い語気で告げると、紗雪は伏し目がちにうなずいた。

「ごめん、ありがとう」

牟田は傘を差さずに車を降りる。小走りでビルに近寄り、店の戸を開ける。

店内は埃《ほこり》の臭《にお》いが満ち、簞笥《たんす》や本棚などの木製の家具が並んでいた。国産家具の卸売《おろしうり》業《ぎょう》を営《いとな》み、一階では小売りも行っている。二階から上は事務所や倉庫だという。有名な職人が手がけた逸品《いっぴん》を優先的に仕入れるなど、一部では名の知れた会社だった。

「いらっしゃいませ。何かお探しでしょうか」

奥から柔和《にゅうわ》な笑顔で男性が出てきた。年齢は四十代半《なか》ば、ワイシャツとネクタイの上に作業着を羽織《はお》っている。日本人形を思わせる作り物めいた目鼻立ちが、環美兎を思い起こさせた。

「馬場さんですよね。先日、環瑠美さんの件でお電話差し上げた牟田幸司です」

馬場は眉根《まゆね》に皺《しわ》を寄せた。馬場春太《はるた》は八年前に殺害された環瑠美の弟であり、美兎とは叔父《おじ》と姪《めい》の関係に当たる。馬場が表情を強張《こわば》らせた。

「店にまで押しかけてくるのか。話すことはないと断ったはずだ」

馬場は瑠美殺害事件の重要な証言者だった。当時の話を聞きたいと連絡したものの、拒否されたため直接赴《おもむ》くことにしたのだ。

「辛《つら》い過去を蒸《む》し返すことになり、本当に申し訳なく思っています。ですがあの事件について もう一度調べ直したいのです。だから当時のことを詳《くわ》しく教えてください」

「もう八年も経《た》つんだ。今さら話すことはない！」

馬場が近くにあった売り物の机を手のひらで叩《たた》いた。目が血走り、呼吸が荒い。今にも飛びかかってきそうな気配に、牟田は一歩後退する。

馬場にとって実の姉が殺された事件なのだ。肉親を殺されたことに対する怒りの大きさに牟田は圧倒される。突然背後から肩をつかまれた。

「もういい。行こう」

振り向くと紗雪が立っていた。訝《いぶか》しげに見つめる馬場に、紗雪が丁寧《ていねい》にお辞儀《じぎ》をした。

「大変失礼しました」

牟田は強引に腕を引かれて店を出る。大雨の中、駆け足で車に乗り込んだ。紗雪が運転席で大きく息を吐く。紗雪は父親の無実を信じている。しかし馬場にとって世志彦は憎き殺人犯なのだ。馬場との対面は紗雪にとって重い負担のはずだ。

「すみません。もっと慎重に話を切り出すべきでした」

「あの様子なら何をしても無駄《むだ》だよ。被害者サイドの人間に再調査への協力なんてお願いをするのは、最初から無理だったんだ」

馬場は世志彦が瑠美の自宅に入る姿を目撃したと証言した。そして世志彦と瑠美が不倫関係にあり、以前から揉《も》めていたと法廷で訴えている。世志彦の犯行を裏付けた重要証人なのだ。

車が発進し、バイパス手前の赤信号で停車する。

「八年か」

紗雪の髪から雨の滴《しずく》が一粒落ちた。片道三車線の大通りで車が水飛沫《みずしぶき》を上げている。信号が変わり、車がバイパスに入る。進路の先には重苦しい雨雲が垂《た》れ込めていた。

アパートを囲う生け垣に赤色の実が生《な》っていた。雨に揺られながら、艶《つや》やかに光っている。紗雪がドアをノックするとすぐに中年男性が顔を出した。

次に訪問したのは、裁判で世志彦に有利な証言をした佐藤《さとう》という男性の住まいだ。

過去の事件を調べようと提案したとき、紗雪は世志彦に有利な証言もあったことを教えてくれた。連絡を取ったところ、二年前に証言者が病《やまい》で亡くなった事実を知らされた。そのため仏壇に手を合わせようと訪問したのだった。

和室の奥に仏壇があり、佐藤の息子が正座しながら蠟燭《ろうそく》に火を点《つ》けた。線香を火にかざすと白い煙が一本立ち上る。鈴《りん》の高い音が響き、佐藤の息子が仏壇の前から退《しりぞ》いた。

仏壇に手を合わせてから、紗雪が佐藤の息子に頭を下げる。

「佐藤さんには生前父が大変お世話になりました。お悔やみが遅れたことを心よりお詫《わ》びします」

「頭を上げてください。お伝えするのを怠《おこた》ったのはこちらですし、証言も結局意味がありませんでしたから」

事件当日、世志彦は仕事が休みだった。犯行時刻には散歩に出ていたと主張したが、アリバイと認められなかった。しかし佐藤だけが世志彦を見かけたと証言したのだ。

目撃場所は佐藤の自宅近くで、犯行現場とは離れていた。死亡推定時刻に余裕を持たせた上で、車を使って移動したと仮定しても犯行は不可能な距離になる。証言が事実なら世志彦のアリバイは成立する。だが当時七十歳だった佐藤は白内障《はくないしょう》を患《わずら》っていた。視力が極端に落ちた状態だったため警察は佐藤が人物を識別するのは難しいと判断し、証言の信《しん》憑性《ぴょうせい》に疑問符をつけた。

「父は目を病《や》んでいなければ救えたと、ずっと悔やんでいました」

「佐藤さんの責任ではありません」

紗雪が静かに首を横に振る。世志彦の主張した散歩の経路と、佐藤の証言は合致していた。しかしそれでも一旦自白した事実は覆《くつがえ》せなかった。

感謝を伝えて辞去する。傘を差しながら買い物袋を提《さ》げた女性が難儀そうに歩いている。見届けてから紗雪が車を発進させた。

「今日は付き合ってくれてありがとう。他人の冤罪《えんざい》について色々と首を突っ込んでいるけど、父の事件に関してはこれまでちゃんと調べられなかったんだ」

「どうしてですか？」

「無実が証明されても、父は帰ってこないから」

路地から幹線道路に出る。赤色のスポーツカーが、法定速度を無視したスピードで追い抜いていく。

「寄り道するね」

ハンドルを切って住宅街に入る。牟田は街並みに見覚えがある気がした。紗雪が古びた雑居ビルの前でブレーキを踏んだ。

四階建てのビルで、手前に三台の駐車スペースが確保されている。貸しビルと書かれた看板は錆《さ》びつき、建物の手入れは一切《いっさい》されていない様子だ。敷地を囲うようにロープが張られ、見た目には完全に廃墟《はいきょ》だった。

「このビルの一階に父の店があったの。父はイタリア料理のシェフで、長年の夢だった自分の店を持って二年目だった。立地はいまいちだったけど、近隣住民だけじゃなくて遠くからもお客さんが来てくれたんだ。あの頃は、本当に幸せだった」

紗雪が目を細める。美兎の家族は常連で、祁答院《けどういん》も何度か来店していたという。牟田の冤罪や振り込め詐欺事件、柔道部の冤罪事件でのデータ復元に協力してくれた松下刑事も当時大学生で、ランチに店に通う常連だったのだそうだ。

事件後は当然だが店を続けることができず、設備ごと売られることになった。引き継いだ飲食店もやがて閉店し、二階以上に入居していたテナントはいつの間にかなくなっていた。現在はビルごと放置されているという。

外観にレストランの面影《おもかげ》は残っていない。だけど雨に濡れるビルを目《ま》の当たりにした瞬間、牟田の記憶が蘇《よみがえ》った。

「この店に来たことがあります」

「本当に？」

「子供の頃、家族みんなで一度だけ。店先に雪で作った大きな兎《うさぎ》があったのを憶えています。料理もとても美味《おい》しかったです」

家族揃っての外食はあまりしなかったので、クリスマスのことはよく憶えている。綺麗《きれい》な盛りつけと華《はな》やかな味、そして店全体に満ちた明るい雰囲気に心が沸《わ》き立った。幼い頃の幸せな記憶を、店の風景と一緒に思い出した。

「その雪だるま、私が美兎と一緒に作ったんだ」

笑《え》みを浮かべる紗雪の瞳が潤《うる》んでいる気がした。近くにあるのか、学校のチャイムが聞こえる。滝のような雨の下で、牟田たちは誰もいなくなったビルを見つめ続けた。


バスの車窓から見る景色は、六時台には夜の闇に包まれた。駐車場の広いチェーンの飲食店や、中古自動車販売店の明かりが道路を照らしている。

牟田は一人で馬場商会に向かっていた。佐藤と馬場の証言は、一人の人間が別々の場所に存在しない限り、矛盾《むじゅん》している。つまりどちらかが誤りになるのだ。だからこそ詳しく聞かなければならない。

証言を確認したいという申し出は、疑いの気持ちがあると告げるのと変わらない。馬場は疎《うと》ましく思うだろうし、姉を失った悲しみを何度も思い出させることになる。搦《から》め手《て》を思いつけない以上、正面から何度でも頭を下げ続けるつもりだった。紗雪が馬場と顔を合わせるのが苦しいのなら牟田が動くしかない。

問屋街のバス停で降り、記憶を頼りに馬場商会を探す。夕方は昼以上にひと気がなく、明かりのないビルが並ぶ景色はゴーストタウンそのものだ。

馬場商会の一階店舗に明かりが点いている。午後七時までの営業なので閉店間際《まぎわ》を狙《ねら》ったのだ。人の気配が全くなく、店の奥に馬場の姿はない。外出の可能性もあるが、店を開けているのだから遠くには行かないはずだ。

そのとき突然、男性の叫び声が耳に飛び込んできた。

馬場商会のビルの裏手から聞こえた気がした。恐怖に満ちた声だった。店内を突っ切れば、勝手口からビルの裏手に回り込めるかもしれない。しかし無断で奥に入るのは気が引けたため、牟田は一旦外に出た。

ビル脇の細い路地を、埃まみれの配管を避けながら進む。叫び声と夜の闇に怖《お》じ気《け》づき、牟田は慎重に移動する。無鉄砲な行動のせいで、怪我をしたことも影響していた。乱雑に積まれた段ボールに足を取られ、何度もつまずきそうになる。高いビルに挟《はさ》まれた隙間は暗く、スマホの懐中電灯機能を立ち上げた。

「どうしました？」

暗がりに呼びかけてからしばらく待ったが反応はない。汚れた室外機を乗り越えて角を曲がり、ビルの裏手を照らす。直後に一人の男が飛び出してきた。一瞬照らし出された人物は五十歳は越えていそうで、牟田の知らない顔だ。男は牟田を肩で突き飛ばし、焦《あせ》った様子で走り抜けた。

追いかけるか迷ったが、まずビルの裏手をスマホのライトで照らした。すると倒れ込んでいる人影が暗い地面に浮かび上がった。

男性が仰向《あおむ》けに倒れ、頭から血を流している。首があり得ない角度で曲がっていた。

「馬場さん？」

事切れているのは明らかだった。ワイシャツに作業着という格好は先日と同じだ。断末魔の形相《ぎょうそう》は凄絶《せいぜつ》で、本人かどうかの自信が揺らぐ。後頭部だけでなく鼻からも血が出ていて、ワイシャツに大量の血痕が付着していた。染《し》み込んだ血の形状がイタリア半島に似ていると、場違いなことを考えた。

茫然《ぼうぜん》と立ち尽くしたのがどれくらいか、牟田は慌《あわ》ててスマホを持ち直した。指先が震えて１１０の数字を押すのに苦労する。何とか通じた電話で状況を事情を説明し、通話を切る。

心臓が激しく高鳴り、背中に冷たい汗が伝《つた》う。牟田はスマホのカメラを立ち上げ、動画機能で撮影しはじめる。冤罪で追い詰められた記憶が蘇った。牟田は馬場を殺していない。だが第三者の勘《かん》違いや悪意によって犯人に仕立て上げられることは起こり得るのだ。撮影しても、証拠になるかわからない。だが牟田は記録をやめられなかった。ビルの裏は成人男性がやっとすれ違えるくらいの幅で、隣接するビルとブロック塀《べい》で仕切られている。警察の到着を待ちながら、スマホでくまなく撮影し続けた。

十分後、自転車に乗った制服警官が姿を現した。

牟田が遺体を指差すと、目視《もくし》した制服警官は無線で連絡をはじめた。牟田はスマホを胸ポケットに入れ、撮影はこっそり続けた。

制服警官は牟田に明らかな疑念の目を向け、高圧的に質問をしてきた。殺人事件の第一発見者なのだから当然の対応だろう。胸ポケットから出ているレンズに気づかれ、スマホでの撮影も打ち切らざるを得なかった。

パトカーのサイレンの音がビルの前で止まり、暗い路地を赤色灯の光が照らした。二名の制服警官が姿を現したところで、唐突に名前を呼ばれた。

「牟田くんだよね。何しているの？」

顔を向けると、制服警官の背後に松下刑事が立っていた。今日はダウンジャケットにデニムパンツというラフな格好だ。

「どうして松下さんが？」

「非番で実家に顔を出していたの。帰りがけに猛スピードで走るパトカーを発見して、気になって追いかけてきたんだ。ねえ、ここって環さんの親戚の店だよね」

松下と紗雪は昔馴染《なじ》みだ。紗雪が以前この付近で暮らしていたなら、松下の実家も遠くないのだろう。馬場のことも知っている口振りだ。

「この子は知り合いなの。私が身元を保証するわ」

松下に話しかけられた制服警官は、階級が下らしく姿勢を正した。急に足腰から力が抜ける。顔見知りの刑事の出現に安堵《あんど》したのだ。息を吐きながらしゃがみ込む。馬場らしき人物の遺体を発見したと伝えると、松下は息を呑《の》んだ。

松下が馬場の遺体に近づこうとして、制服警官が慌てて制止する。

「顔見知りの可能性があるから確認だけさせて」

松下が遺体のそばにしゃがむ。手を合わせ、神妙な面持《おもも》ちで戻ってきた。

「間違いなく馬場春太さんだった」

一度会っただけなので自信がなかったが、死亡したのはやはり馬場だったのだ。

松下が制服警官に馬場春太について説明をしている。複数のサイレンの音が、静かな夜を切り裂くようにして近づいてきていた。

事情聴取を終えた明くる日の午前、牟田は環美兎の自宅前に立っていた。眠気と疲労で思考が鈍《にぶ》っている。環宅は青色瓦《がわら》と白壁の一軒家で、駐車スペースに黒色のＢＭＷのミニが駐《と》まっていた。チャイムを鳴らすと美兎が出迎えてくれた。

「いらっしゃい」

美兎は普段通りの黒ずくめで、顔の白さのせいか目の下の隈《くま》が目立っていた。通されたリビングでソファに腰かけると、カップに紅茶を注いでくれた。リビングは整理され、テレビの脇に白い帽子を被《かぶ》った黒猫のぬいぐるみが置いてある。紅茶は慣れ親しんだティーバッグの味がした。

「疲れているのに来てくれてありがとう。叔父の最期《さいご》について教えてもらえるかしら」

「わかりました」

警察での聴取は夜遅くまで続き、牟田は最終のバスで何とか帰宅した。疲れていたが興奮で寝られず、明け方にやっと眠りに就《つ》いたもののすぐ電話で叩き起こされた。美兎が馬場の最期を知りたいと頼んできたのだ。

美兎は白目が充血していた。叔父を亡くした悲しみを思うと胸が痛くなる。牟田は馬場商会に行った理由を含め、事情を全て説明した。世志彦の事件を調査していたことに、美兎は全く反応しなかった。

「現場から立ち去った人間がいるのね」

不審者の件は警察からも繰り返し確認された。似顔絵作りも手伝ったが、暗闇で一瞬目撃しただけなので自信はない。美兎が目元に力を込めた。

「叔父の死について調査する。牟田くんも手伝いなさい」

「申し訳ないですが、お断りします」

紗雪との対立を目の当たりにした以上、協力するわけにはいかない。

「義理立ては理解するけど、目撃者の協力が必要なの」

美兎がテーブル越しに身を乗り出す。美兎の自信に満ちた態度に、なぜか流されてしまいそうになる。そうなるまいと身構えていると、玄関の開く音がした。美兎がソファに深く座り直したところで、一人の男性がリビングに顔を出した。

「お客さんか」

「お帰りなさい、パパ。こちらは……」

「悪いがお前の話を聞いている暇《ひま》はないんだ。葬儀の準備をしておきなさい。お客さんも何もお構いできず申し訳ありません」

「その鼻はどうしたの？」

「……転んだだけだ」

美兎の父親は五十歳前後か、小柄でがっしりした体型だった。鼻の辺《あた》りがぶつけたように赤く腫《は》れている。牟田が会釈《えしやく》をすると足早に家の奥に姿を消した。

「慌ただしくてごめんなさい。パパは基本的に私の話に耳を貸さないの。推理を聞くのにうんざりしているから」

今の人物が環瑠美の夫で、美兎の父親である環恒雄なのだ。

「やっぱり調査に協力します」

「本当に？」

不自然だったかと心配になるが、美兎は気にしていない様子だ。だが牟田は動揺を隠すのに必死だった。恒雄は牟田に無反応だった。だが牟田には馬場の遺体近くから立ち去った人物が、恒雄に思えたのだ。


美兎は馬場の取引先や交友関係を調べ上げ、牟田を連れて次々と聞き込みをこなした。訪問先ごとに、逃げた男に似た人物がいないかと美兎から問われたが、今のところ誰も恒雄ほどは似ていなかった。

小さな町工場は機械の駆動音《くどうおん》が絶え間なく響いていた。聞き込みを終えて車に乗り込むと、美兎が運転席で顔を引きつらせる。

「私には優しくて太っ腹な叔父さんだったけど、単なる見栄っ張り《みえっぱ》だったようね」

馬場の評判は最悪だった。人当たりは柔らかいが、機嫌を損《そこ》ねると急に激昂《げきこう》するという話を何度も聞かされた。気分の浮き沈みが激しいことが原因で、馬場は大勢の仕事相手や友人に距離を置かれていた。

さらに馬場商会の経営も悪化していた。元々、手広く事業を展開していた両親から受け継いだ会社だった。しかし馬場は商才に恵まれず、両親の遺産を食い潰《つぶ》すことで存続させていたと噂《うわさ》されていた。相当な額の借金も抱《かか》えている様子だった。

馬場の当日の動向もある程度判明した。昨日は毎月恒例だという家具販売業者の会合があるため臨時休業のはずだった。普段なら昼過ぎに集まり、夜に宴会を開く予定だったという。本来あの時間、馬場は店にいなかったことになるのだ。

しかし馬場は昼の会合で他の業者と口論になり、途中で帰ってしまった。喧嘩《けんか》になった人物は夜の宴会に参加したためアリバイが成立している。遺体発見時まで馬場が何をしていたのかはわかっていない。

ガラスをノックする音が聞こえた。ベージュのトレンチコートを着た見覚えのある男性が、腰を屈《かが》めて運転席を覗き込んでいる。美兎が窓を開けると、男性が口を開いた。

「こんな場所で何をしている」

「沖《おき》さんは捜査中？」

美兎が気安い態度で応じると、沖刑事は顔をしかめた。沖は牟田を事情聴取した刑事だ。逮捕される側みたいな強面《こわもて》の刑事からしゃがれた声で話しかけられると、ただの会話も脅《おど》しじみて聞こえる。沖刑事が助手席を一瞥《いちべつ》して舌打ちした。

「第一発見者を連れて捜査ごっこか。相変わらず探偵気取りだな」

「叔父が亡くなっているのよ」

警察の立場なら勝手に調査する美兎は邪魔だろう。沖刑事が額《ひたい》に手を当てた。

「お前とは長い付き合いだ。生意気な小娘だと侮《あなど》っていたが、何かと世話になった」

「殊勝《しゅしょう》な態度なんて珍しいわね。親切にしてくれる他の捜査員の方々と違って、あなたはいつも私に突っかかってきてたのに」

美兎には警察の捜査に協力してきた実績があると聞いている。警察関係者へのコネクションも作っている。沖刑事が携わった事件でも成果を挙《あ》げていたらしい。

「お前の能力だけは認めざるを得ないからな。だが感謝しているからこそ忠告する。速《すみ》やかに手を引け」

「どういうことよ」

「言えるのはそれだけだ」

今朝配信されたニュースでは、馬場の死に関して事件性の有無は断定していなかった。警察がまだ発表していない事実があるようだ。沖刑事が去り際に牟田に軽く目配《めくば》せをした。牟田が協力した容疑者の似顔絵は、恒雄を知る者が見れば一目瞭然《いちもくりょうぜん》だ。

沖刑事が他の刑事と家具工場に入る。美兎は不機嫌そうにハンドルを強く握った。

「これまで何度も私の世話になったくせに何様のつもりよ」

美兎が乱暴に車を発進させた。その後もめぼしい成果は挙がらず、牟田は夜遅くにアパート近くまで送ってもらった。事件現場から逃走した人物について、牟田は最後まで美兎に告げることができなかった。

沖刑事の言葉の意味はすぐにわかった。三日後、大晦日《おおみそか》が迫る十二月二十六日に、環恒雄が殺人容疑で逮捕されたのだ。

2

カーラジオから流れるアナウンサーの声が新年を祝っていた。紗雪の運転する車は町を離れ、窓から見える景色から高い建物が減っていく。

「新年じゃなければ、父の件が連日報道されていたかもね」

ハンドル操作しながら紗雪がつぶやく。車は世志彦の墓に向かっていた。紗雪のスマホは電源を切ってある。マスコミからの取材の申し込みが殺到しているのだ。祁答院に記者からの護衛を命じられ、牟田も同行することにした。スマホで検索したが、恒雄に関するニュース記事は更新されていなかった。

逮捕から一週間、様々なことが判明した。恒雄はこの一ヶ月の間に何度も馬場に会っていた。金銭面で揉めていて、馬場が恒雄を何かの理由で脅迫していたとの証言が出たのだ。他にも恒雄が飲食店で泥酔《でいすい》して「春太を殺してやりたい」とつぶやいたという情報もあった。さらに事件の数日前には口論の末に、二人が殴り合いの喧嘩をしていた事実も発覚した。

逮捕の決め手はＤＮＡだ。馬場のシャツには血痕がついていた。そこから馬場に加え、恒雄のＤＮＡが検出されたのだ。馬場商会ビルの五階の事務所には争ったような形跡があり、室内から恒雄の毛髪や血痕も発見された。その結果、恒雄は馬場と争った末に窓から突き落とした疑いで逮捕された。

ただし恒雄は現在、容疑を全面的に否認している。

事件当日に馬場商会を訪れた事実は認めた。しかしメールでビルの裏手に呼び出されただけで、到着時点で馬場は死んでいたと話した。さらに悲鳴を上げた直後に何者かに背後から殴られ、地面に正面から倒れこんだまま気を失ったと説明していた。

そして目覚《めざ》めると電灯の光と若い男性の声が近づいてきた。牟田《がっち》のことだろう。恒雄はパニックになり現場から逃げた。恒雄の頭部や鼻にも証言と合致する傷が発見された。

遠くに小高い山が見えはじめた。

紗雪が速度を上げる。普段より運転が荒い気がした。

警察は恒雄の逮捕に合わせ、衝撃的な事実を公表した。馬場春太と環恒雄が八年前の環瑠美殺害に関与した可能性があるというのだ。

馬場商会を捜索していた捜査員は、金庫から瑠美殺害後に行方不明だった宝飾品の一部を発見する。馬場は八年前にはすでに金に困っており、瑠美の自宅から衝動的に宝飾品を持ち去ったのだと思われた。しかし犯罪の証拠になるため売ることもできず、捨てることもできず保管し続けたのだろう。捜査を進めると、ここ半年の間に馬場が宝飾品のいくつかを売却していたことが判明する。

さらに金庫のなかには重要な手記が入っていた。筆跡鑑定の結果、馬場本人が書いた可能性が高いことがわかった。

そこには八年前に起きた瑠美殺害に関する様々な事実が詳細に記《しる》されていた。当事者しか知らないはずの情報もあったため信憑性は高かった。手記によると実行犯は馬場だが、恒雄も犯行に協力したと明記されていたのだ。

当時の馬場はすでに会社経営に行き詰まり、姉の瑠美が受け取った親の遺産を欲《ほっ》していた。同時期、恒雄は瑠美の浮気を疑い、歪《ゆが》んだ感情を膨《ふく》らませていた。

手記には二人は共謀して瑠美を殺害したと書かれてあった。さらにその罪を世志彦になすりつける計画も記されていた。世志彦の毛髪を入手し、瑠美の遺体近くに放置したというのだ。

世志彦は仕事終わりに、近所の居酒屋のカウンターで軽く酒を飲む習慣があった。そこに何度か馬場が居合わせたことがあると、過去の捜査資料に書かれてあった。おそらく馬場は隣り合って飲んだ際に世志彦の毛髪を入手したのだと思われた。

しかし恒雄は現在、瑠美殺害への関与も否認している。

小高い丘に差しかかり、自動車は曲がりくねった上り坂を進む。道沿《ぞ》いに仏花を扱う店が増えた。霊園の入口が見え、紗雪がハンドルを切った。

広い駐車場で降り、寺院に併設された広大な霊園を歩く。冷たく乾いた風が肌を切るように吹き荒《すさ》む。舗装された道を抜けると、砂利《じゃり》と藪《やぶ》が目立ってきた。駐車場から最も遠い一画に目的の墓はあるという。牟田は紗雪と並んで、急な階段を上った。

階段を上りきる直前、紗雪の姿が隣から消えていることに気づく。振り向くと紗雪が仏花を握りしめ、下の段で立ち竦《すく》んでいた。

「遠藤さん」

「大丈夫、すぐ行く」

紗雪が目を閉じて深呼吸をする。

手記を信じれば、世志彦は冤罪だ。

紗雪はなかなか動かなかったが、一分ほどで顔を上げた。それを見て牟田は、先に階段を上る。視線の先にある一基の墓前から、黒服の女性が慌てた様子で走り去るのが見えた。

「あれは……」

牟田に追いついた紗雪がつぶやく。

紗雪が黒服の女性を目で追う。知り合いかと気になったが、紗雪は何も言わず歩《あゆ》みを早める。

斜面の一画にある平らな場所に、小さな墓石が密集していた。紗雪が最も奥にある小さな墓の前で立ち止まる。先ほど黒服の女性がいた辺りだ。墓前に黄色く小さな花が供えられ、ほのかに甘い香りが鼻先に漂《ただよ》った。

「やっぱり」

「ご親戚ですか？」

「身内は誰も父をお参りしない」

有罪判決後に自殺した世志彦は、親類からいないことにされたらしい。

「父の命日に毎年、誰かが蠟梅《ろうばい》を供えてくれているんだ。でも素性はわからないの。前にも一度ニアミスしたけど、さっきみたいに私に気づいた途端に逃げられちゃったから」

牟田は女性が去った方角に顔を向けるが、墓や卒塔婆《そとうば》が並ぶだけでもう人影はなかった。紗雪が墓の前で腰を下ろし、仏花を供えて手を合わせた。

「冤罪が晴れるかもしれないよ。証明できたらまた報告に来る。もう少し待っていて」

斜面を抜ける風は乾燥していて、吹くたびに砂埃《すなぼこり》を舞い上がらせる。牟田は線香に火を点けて紗雪に手渡した。香炉《こうろ》に置かれた線香から一筋《ひとすじ》の煙が空に立ち上る。牟田は同じように線香を供えて手を合わせた。

駐車場に戻って車に乗り込んだ紗雪は、スマホのカーナビアプリを操作した。次の目的地である病院を入力すると、二時間かかると音声案内が流れた。

「本当に環さんに会うんですね」

「そのつもりだよ」

恒雄逮捕の報を知った直後の美兎は、真実を明らかにしようと躍起《やっき》になっていた。しかし次第に牟田が連絡しても返信が途絶えがちになり、手記の存在が発表されて以降は音沙汰《おとさた》がなくなった。

そして昨日、数日ぶりに連絡があった。過呼吸で倒れて頭を強く打ったことで入院中なのだそうだ。幸い、脳波に異常はなかったらしい。

美兎は紗雪に会いたいと伝えてきた。紗雪は長い沈黙の末に、病院訪問を承諾した。無言で運転し続ける紗雪の隣で、牟田は何度もペットボトルで喉《のど》を潤《うるお》した。

「美兎は親友だったんだ」

高速道路に乗った後、紗雪が口を開いた。

環家と遠藤家は同じ町内にあり、紗雪と美兎は幼馴染みだった。世志彦がイタリアンレストランを開業してからは、環家は何度《ど》も店を訪れていた。

「小学四年生のとき、私は学校で髪留めを盗んだ疑いをかけられたの。突然名指しされてクラスメイトたちに囲まれ、恐怖のあまり何も喋《しゃべ》れなくなった」

紗雪の顔が強張る。幼少時でも濡《ぬ》れ衣《ぎぬ》で糾弾《きゅうだん》される恐怖は変わらないはずだ。

「騒ぎを聞きつけた大勢が教室に見物に来ていて、私はそのなかに美兎を発見した。私が必死に助けてって言ったら、美兎が人混みをかき分けてそばに来てくれたんだ」

その後、美兎は目覚ましい活躍を見せた。その場にいた生徒から情報を集め、鮮やかな推理で紗雪の容疑を晴らした。さらに矛盾を追及し真犯人を暴《あば》くことにも成功した。

美兎は当時からミステリが好きで、紗雪も大きく影響を受けた。互いに考案したトリックを披露し、解《と》き合ったりもしていた。校内で事件が発生すれば美兎が探偵として首を突っ込み、紗雪が助手として手伝いながら解決に導《みちび》いたという。

「私は美兎に憧《あこが》れて、真似《まね》しようとした。だけどあの子の推理は毎回美しくて、私は全然かなわなかった」

二人の関係は環瑠美の死で壊《こわ》れた。紗雪は転校し、所縁《ゆかり》のない土地に住む親戚の元で息を潜《ひそ》めるような生活を送った。そして大学進学を機に東京に戻ってきた紗雪は、美兎と再会することになる。

「どこから情報を得たのか、美兎は突然私の前に現れた。びっくりするくらい綺麗になっていたけど、中身はあの頃のミステリマニアのままだった。そして美兎は事あるごとに私に突っかかってきた」

順調に走行した車は、ナビが示した時間より早く病院に到着した。待合室の長椅子は順番待ちの来院者でごった返していた。見舞いの受付を済ませ、教えられた部屋番号を目指して消毒液の臭いの満ちた院内を歩く。

三階の個室のドアをノックし、返事を受けてから開ける。

美兎はパジャマ姿でベッドに横たわっていた。こめかみにガーゼが貼ってある。運悪く尖《とが》った石で傷を負ったらしい。青白い顔に疲れがにじんでいた。

部屋に入って後ろ手にドアを閉める。紗雪と美兎が見つめ合い、病室に重苦しい沈黙が下りる。先に口を開いたのは紗雪だった。

「私に何の用？」

突き放すような口調に室内の空気がさらに冷え込む。

「ママを殺したのは叔父さんだった。私は紗雪に謝《あやま》らなくちゃいけない」

美兎が頭を下げようとするが、紗雪が手のひらで制した。

「謝ってもらう必要はない。悪いのは事件を起こした張本人で、身内は関係ないから」

「でも、私は紗雪にたくさんひどいことをした」

紗雪が無表情で、美兎の瞳を覗き込んだ。

「今、馬場春太の仕業《しわざ》だと言ったね。恒雄おじさんの関与をどう考えているの？」

「……パパは否認しているわ」

美兎が目を逸《そ》らす。恒雄は馬場の手記で瑠美殺害の共犯として名指しされている。しかし物的証拠は一切なく、恒雄本人も取り調べで手記の内容を否定していた。

殺人の時効は撤廃されている。だが現状では環瑠美殺害事件について、不起訴の公算が高いと目《もく》されている。

紗雪は鼻先が触《ふ》れそうなくらいに美兎に顔を近づけた。

「世間はそう思わない。一人殺していれば、誰もがもう一つの事件でも犯人だと考える」

「パパは誰も殺していない！」

「馬場春太殺しに関しては、たくさんの証拠が揃《そろ》っているよ」

目撃証言やＤＮＡなどの証拠は充分だ。恒雄は否認しているが、有罪判決が出る可能性は高いだろう。美兎は歯を食いしばり、勢いよく布団を剝《は》がした。

「それなら私が無実を証明してやるわ」

パジャマ姿でベッドから下りる。スリッパを履《は》き、大股《おおまた》歩きで病室を出て行った。体調的には問題ないようだ。紗雪は動かない。牟田は迷った末に病室を出る。美兎は階段を下りようとしていた。牟田は看護師の注意を受け流し、駆け足で美兎を追いかける。

「環さん！」

美兎が階段の途中でうずくまっていた。やはり体調が万全ではないのだろうか。走り寄った牟田は美兎の肩が震えていることに気づいた。

「大丈夫ですか」

美兎が身体《からだ》を丸め、両腕で顔を隠している。看護師を呼ぼうとしたところで、ロングコートが美兎を覆《おお》った。追いかけてきた紗雪が自分のコートを上から被せたのだ。

「他人の目が怖《こわ》くて人前に出られないんだよね」

美兎の震えが収まっていく。紗雪がうずくまる美兎を見下ろす。

「殺人犯の娘として、世界中の人から批難を浴びている気がするよね。そんな調子じゃ調査なんて不可能でしょう」

「あんたの言う通りよ。笑いたければ笑えばいい」

美兎の声は今にも泣き出しそうだ。紗雪は無言で階段を下りる。牟田は紗雪を追いかけるべきか悩み、まずは震えの収まった美兎を立ち上がらせた。

コートで顔を隠しながら寄り添い、病室まで送り届ける。美兎はコートを取り去り、ベッドに倒れ込んだ。

「すみません。環恒雄さんを現場で目撃したことを黙っていました」

「私には言えなくて当然よ」

牟田は美兎に頭を下げ、紗雪のコートを手に病室を出た。

駐車場に戻ると、紗雪は運転席でハンドルに額をつけてうつむいていた。牟田は助手席に座ってコートを紗雪の肩にかけた。

「さっきの発言はあんまりです」

「わかってる。でも、我慢できなかった」

環瑠美と馬場春太の事件は別の問題なのだ。過去の罪を理由に、証拠もなく他の事件でも有罪だと考えることは冤罪の温床になる。紗雪がハンドルに額を打ちつけた。

「……美兎から聞きたいのは、あんな言葉じゃないのに」

聞きたい言葉とは何だろう。質問しようか迷っていると、紗雪が身体を起こした。そしてボタンを押してエンジンを始動させる。

「牟田くん、あと少しだけ付き合ってもらえるかな」

「どこに行くのですか？」

「私の母のとこ」

遠くから救急車の音が近づいてくる。喉が渇《かわ》いたけれど、ペットボトルのお茶は空《から》だった。

国道沿いの喫茶店に入ると、紗雪は店員に三名だと告げた。禁煙か喫煙か問われ、紗雪は逡巡《しゅんじゅん》した後に喫煙と返事をした。牟田も紗雪も煙草《たばこ》は嗜《たしな》まない。案内されたボックス席は煙草のヤニの臭いが漂っていた。

「僕がいてもいいのですか？」

「母が苦手なんだ。あっちが再婚して以来、会うのは三年ぶりになるかな」

紗雪は牟田の隣に座り、落ち着かない様子で何度もスマホを確認している。コーヒーは酸味が舌に刺さった。

二十分後、一人の女性が入店する。待ち合わせの時刻らしい午後三時半は十分前に過ぎている。牟田は一目で紗雪の母だとわかった。その女性は席に近づき、座る前に牟田を品定めするような目つきで見下ろした。

「彼氏？」

「友人が同席すると伝えたよね」

紗雪の突き放した口調に、紗雪の母は肩を竦める。正面に腰かけ、店員にコーヒーを注文した。三十年後の紗雪はこうなるのだという顔立ちだ。しかし気怠《けだる》げな仕草《しぐさ》は赤の他人のようでもある。

「無実だとわかったとはいえ、どうしてあんたが世志彦のことを今頃調べるのよ。捜査なんて警察が勝手にやるでしょう」

「あの事件以来、お母さんとちゃんと話していないよね。お父さんが逮捕されたとき、お母さんは本当に犯人だと思った？」

紗雪の母が煙草を取り出し、咥《くわ》えて火を点けた。億劫《おっくう》そうに灰皿を指で引き寄せながら吸い込み、細い紫煙を吐き出す。

「瑠美さんが殺されたと聞いて、真っ先に世志彦の顔が浮かんだわ」

「どうして？」

「世志彦は瑠美さんと浮気してたから」

「本当に？」

瑠美と世志彦の浮気に関して、馬場も法廷で証言している。紗雪の母が灰を落とし、煙草の火を紗雪に向けた。

「世志彦と瑠美さんは二十代前半の頃に付き合ってたの。だけど資産家だった瑠美さんの両親が、世志彦の家柄を理由に猛反対して別れたんだ」

傷心の世志彦は遠方に引っ越したが、料理修業を終え、結婚をして元の町に戻ってきた。以降、世志彦と瑠美は友人関係を築いていた。しかし周囲には二人の間に特別な空気が流れているように見えていたという。

「お父さんが浮気していた証拠はあるの？　男女の友情は成立する。元交際相手だから勝手に周《まわ》りが邪推《じゃすい》していただけじゃないかな」

「男と女の友情なんて笑わせないで。本当に紗雪は父親そっくりね。私が一度だけ追及したときも、瑠美さんとは今では単なる友達に過ぎないと主張してた。だけど私は信じない。あの時期、世志彦には間違いなく他に女がいた。それは瑠美さんに決まっているわ」

紗雪がテーブルの下で拳《こぶし》を握りしめた。

「さっきから伝聞が多いね。お父さんと瑠美さんが浮気をした現場は目撃していないんでしょう。そこまで確信していたなら、どうして真剣に調べなかったの？」

「あの頃には夫婦関係が冷えきっていたからね。わざわざ面倒くさい真似はしないわよ。今の旦那ともすでに出会っていたしさ」

　そこで会話に飽《あ》きたのか、紗雪の母が身を乗り出して牟田に顔を近づけた。

「よく見ると結構好みの顔をしてる。本当に紗雪と付き合ってないの？　いい天気なんだから過去なんか調べるよりデートを楽しみなさぃよ」

「今日、世志彦さんのお墓参りをしてきました」

「辛気臭《しんきくさ》いわねえ」

　紗雪の母が詰まらなそうに眉根を寄せる。

「亡くなった方を想《おも》うのは大切なことです。故人を通じて自分の気持ちと向き合うことで、残された人も前へ進むことができます。だからこそ紗雪さんや蠟梅を供える女性は、お参りを欠かさないのだと僕は考えます」

「蠟梅って何のこと？」

　紗雪の母の表情が凍りつく。突然の変化に言葉を失う牟田に代わって、紗雪が説明をする。世志彦の命日に毎年蠟梅を供える女性がいると聞かされると、紗雪の母の表情が歪んだ。母親の異変に紗雪も困惑《こんわく》している様子だった。

「それって世志彦の親戚じゃないの？」

「誰も心当たりがないらしいけど」

母親の質問に紗雪が首を横に振る。

紗雪の母が人差し指でテーブルを搔《か》きはじめた。爪が擦《こす》れる音が耳に障《さわ》る。

「世志彦が幼かった頃、借金が積み重なって一家で夜逃げしているの。そのせいで生まれ故郷について語ることがなかったんだ」

「確かに私はお父さんの出身地を知らない」

世志彦は郷里を隠していたが、紗雪の母は日常会話からこぼれる情報を元に北関東の田舎《いなか》町だと目星をつけていた。その町は、蠟梅の名所だった。

「その故郷では毎年蠟梅の祭りを行っていたの。世志彦が嫌がるだろうから、勝手に調べたことは胸にしまっておいたけど」

紗雪の母が慈《いつく》しむように目を細めた直後、今度は憤怒《ふんぬ》の表情に変化した。

「その女はなんで故郷を知っているの？　心を許した相手が瑠美さん以外にいたわけ？」

テーブルを引っ搔く速度が上がる。紗雪の母は再婚したのに、死んだ元夫が信頼を寄せた相手に今も嫉妬《しっと》している。言葉を失う牟田の二の腕を、紗雪が引っ張った。

「今日は時間を作ってくれてありがとう」

紗雪は他人行儀《たにんぎょうぎ》に頭を下げ、伝票を手にして立ち上がる。紗雪の母は手を挙げただけで、娘に声をかけない。牟田は紗雪を追いかけた。

駐車場で車に乗り込んだ紗雪は、シートに背中を預けて深く息を吐いた。

「付き合わせてごめん。一人で会うのはしんどかったんだ」

「確かにちょっと驚きました」

目の前を母と娘らしい二人が通り過ぎる。仲睦《なかむつ》まじい様子で笑い合い、先ほどまで牟田たちのいた喫茶店に入っていった。紗雪の母親を見ながら、牟田は自分の母親を思い出していた。父と離婚したことも、すでに再婚したことも似通っている。だけど今は話す必要はないと考え、黙っておくことにした。


新年最初の講義を終え、教室には再会を喜ぶ声が満ちている。教科書をバッグに詰めていると亜梨朱《ありす》が隣の席に座った。亜梨朱とは事件以降も良好な友人関係が続いている。

「講義が全部終わったら一緒に食事でもどうかな」

「お誘いは嬉《うれ》しいけど用事があるんだ」

「もしかして紗雪さん関連？」

亜梨朱が心配そうに訊ねてくる。馬場殺害に端《たん》を発した一連の騒動と紗雪の関係は、テレビや週刊誌、ネットを通じて広まっていた。

牟田が馬場殺害事件を調査していると説明すると、亜梨朱が首を傾《かし》げた。

「どうして幸司くんが？」

牟田は迷いつつ、犯人とされている恒雄の無実を娘の美兎が信じていること、心労で調査できないため、牟田が代わりに動いていると説明した。本来なら弁護人の仕事かもしれない。しかし国選で選ばれた弁護人は戦うことを諦《あきら》め、減刑を勝ち取るために罪を認めるよう恒雄を説得しているらしい。

亜梨朱が険《けわ》しい表情を浮かべた。

「犯人って紗雪さんのお父さんが自殺した原因になった人だよね。そんな相手をどうして助けるの？」

「判決確定まで推定無罪は鉄則だし、恒雄さんは無罪を訴えているんだ」

何より美兎は今一人で苦しんでいる。牟田は冤罪の苦しみを人より知っている。警察や検察が犯人だと決めつけている以上、味方となる人は必要だと思ったのだ。

「私も幸司くんの優しさに助けられた。だけど紗雪さんは人生の全てを壊されたんだよ。その気持ちを考えると、納得できない」

亜梨朱が背中を向け、教室から去っていった。嫌われたかもしれない。何より自分で語っておきながら、並べた動機に牟田自身が腑《ふ》に落ちていなかった。

残りの講義は休んでも単位に影響なさそうだ。牟田は調査の予定を繰り上げることにして席を立った。

数日間の聞き込みの結果、恒雄と馬場が殴り合いの喧嘩をした居酒屋を突き止めた。商店街のなかほどに店を構え、ランチでは定食を提供していた。昼営業の終了間際だからか客はまばらで、牟田は胸に店長のプレートをつけた男性に話しかける。

「最初は普通に飲んでたけど、徐々に険悪になっていってね」

事件について質問すると、何度も客に話したのか店長は滑《なめ》らかに答えた。

「名前は馬場だっけ？　その人が何度も昔のことを持ち出すんだ。それを犯人が慌てて止めてさ。それを何度も繰り返して、犯人が強い口調で注意をしたんだ。そうしたら急に激昂して、犯人を突き飛ばしたよ」

店長の印象では恒雄はあくまで冷静で、暴力を振るわれても馬場をなだめていた。恒雄よりも馬場のほうが荒れた雰囲気を纏《まと》っていたという。

店長は恒雄の顔を覚えていた。この商店街でよく飲んでいたらしい。牟田は夕方まで時間を潰して、店長から教わった他の店に聞き込みをした。

数軒巡《めぐ》ってわかったのは、恒雄が基本的に静かに飲んでいたことだけだった。最後の店でも有益な情報は得られなかった。時刻は夜九時を過ぎている。今日の聞き込みは切り上げようと考え、牟田はカウンター席で発泡酒を頼んだ。

「兄ちゃん、この前の事件を調べてんのか？」

ジョッキに口をつけると、隣の客に声をかけられた。くたびれたスーツ姿の中年男性で、耳まで赤く染めながら瓶《びん》ビールを飲んでいる。うなずくと肩を乱暴に叩かれた。

「殺人なんて驚きだよな。犯人と話したこともあったから、テレビで顔が流れたときは椅子から転《ころ》げ落ちるかと思ったよ」

「お知り合いなのですか？」

酔客《すいかく》はすでに呂律《ろれつ》が回っていないが、新情報を期待して椅子を近づけた。

「一度隣り合った程度の縁さ。愛想《あいそ》が悪くて、何を言っても生返事だったなあ。酒が進んでくると、それさえも億劫だったのか貝みたいに黙り込むんだよ」

酔客が唐揚《からあ》げを口にしてから急に声を潜めた。

「実は角のスナックで物騒《ぶっそう》な話を小耳に挟んでな。袖《そで》振り合うも多生《たしょう》の縁だ。兄ちゃんにだけ教えてやるよ」

それは井上卓《いのうえすぐる》という名の男性に関する噂だった。

井上は短気な性格で、傷害や恐喝《きょうかつ》での逮捕歴があった。暴力団関係者とも繋《つな》がりがあるため近所の鼻つまみ者なのだという。驚いたことに井上は、恒雄が居酒屋で『春太を殺してやりたい』とつぶやいていたと証言をした人物だった。

「俺は近くの席にいたんだが、井上は酔った勢いでスナックの女に、嘘《うそ》の証言をする見返りに窃盗《せっとう》を見逃《のが》してもらったと口を滑《すべ》らせていたんだ」

「本当ですか」

「昔から地獄耳なんだ」

酔客が自信ありげに耳に手を当てる。牟田は感謝を告げてから店員に生ビールを注文した。ジョッキを差し出すと酔客は遠慮しながらも受け取る。井上はスナックの常連らしいので、牟田は特徴を聞いてから会計を済ませた。

派手な看板が輝く店が連なり、客引きが往き来《ゆきき》する通りに目当ての店はあった。スナック未体験の牟田は入店に怖じ気《おけ》づく。予算もわからないし、懐《ふところ》具合も不安である。一度の入店で井上に会える保証もない。そのため外で見張りをすることにした。

ホットの缶コーヒーや使い捨てカイロで寒さを凌《しの》いだが、見張り初日は不発に終わる。アルバイトのない日に見張りを続け、三回目の夜に井上らしき人物が入店した。

坊主頭に耳のピアスという特徴と、ヒョウ柄のコートが一致している。胸を張ってがに股で歩く姿は、敵を威嚇《いかく》する野生動物のようだった。

待機していると、井上は三時間後に店から出てきた。意を決して声をかける。

「井上卓さんですか？」

「ああ？」

いきなり凄《すご》んできた。牟田は氏名を告げ、馬場の事件を調べていると正直に伝える。すると井上がにらみつけてきた。

「話すことなんて何もねえよ」

井上がわざと肩をぶつけてくる。転びかけるのを耐えて正面に回り込む。

「待ってください。証言について詳しく知りたいんです」

「しつけえな。お前には関係ねえだろ」

井上が牟田の襟首《えりくび》をつかんだ。息が酒臭い。硬い拳が喉を圧迫し、牟田は恐怖で足が震えた。このままでは、まともに相手をしてもらえそうにない。牟田は正面から聞き出す計画を変更し、賭《か》けに出ることにした。

「証言は嘘だと聞きました」

「どこで聞いた」

急に声が冷静になり、つかんだ服を離した。牟田は咳き込んでから、身構える井上を見返した。華美なドレスの女性が真横を素通りする。井上は忌々《いまいま》しげに一瞥してから、親指を路地の奥に向けた。

「際どい話だから人目は避けたい。この先の公園で話そう」

井上が急に警戒を解いた。裏が感じられたが、話が聞ける可能性があるなら指示に従うしかない。繁華街から脇に逸れる井上に、牟田は注意を払いながらついていった。

　公園に到着した途端に殴られた。樹木が多いため死角が多く、人通りはほとんどない。街灯から距離のあるベンチの脇で、反射的に顔面を防御した牟田の腹に膝《ひざ》が突き刺さる。

「何のために調べてやがる」

「調べたらまずいんですか？」

　質問で返すと、頬《ほお》に拳を振るわれた。尻を地面に打ちつけ、悶絶《もんぜつ》する牟田の髪を井上が乱雑につかむ。

「二度と俺に近づくな」

　口のなかが血の味で満ち、舌が上手《うま》く回らない。溜まった唾液を飲み込むと、粘《ねば》っこい液体が喉を落ちていった。

「いきなり殴るなんて絶対におかしい。警察に訴えたら、あなたのことを疑いますよ」

　井上がしゃがんで平手《ひらて》打ちをしてきた。眼鏡《めがね》がどこかに吹き飛ぶ。

「無駄だよ。お前の話なんて誰も信じない」

「それじゃあ通報します」

　敢《あ》えて挑発的に言うと、井上が今度は頬を殴ってきた。

「舐《な》めてんのか。ぶっ殺すぞ」

　意識が朦朧《もうろう》とする。地面に倒れかけるが、我慢して上体を起こし続けた。まぶたの腫れと公園の暗さ、そして眼鏡がないせいで井上の顔がぼやけていた。

「俺にはコネがある。お前が馬鹿なことをわめいても揉み消してもらえるんだよ」

威圧《いあつ》的だが、声から焦りが伝わった。井上が立ち上がり、牟田の頭部を真横から蹴りつける。意識が飛び、気がつくと地面に伸びていた。突然フラッシュがたかれる。井上が牟田の学生証をスマホで撮影したらしい。

「住所も大学もわかったからな」

足音が遠ざかっていく。牟田は動けず、しばらく大の字になっていた。夜空に半月が輝いている。

凍死の危険を感じ、なんとか立ち上がってから血の混じった唾《つば》を吐き出す。眼鏡を探し出してかける。大通りに出てから内ポケットを探《さぐ》り、ボイスレコーダーを取り出した。気絶の最中に奪われなかったのは幸運だ。正面から問い質《ただ》しても絶対に聞き出せない。目的を隠して取り入るのも難しいと判断し、挑発を繰り返せば口を滑らせると考えたのだ。データを確認すると、会話は無事に録音できていた。

建物のガラスに自分の姿が映る。顔は腫れ、洋服は血と砂にまみれていた。気が抜けた途端、視界が霞《かす》んだ。足腰から力が抜け、路上にうずくまる。

親切な通行人から声をかけられるけれど返事ができない。肩を揺さぶられるのを感じながら、意識が遠ざかっていった。

目覚めると救急病院にいた。

検査の結果、脳波に異常はなかった。しかし鼻骨《びこつ》骨折や全身打撲《だぼく》で数日間の入院となった。医師からは喧嘩を疑われたが、事を荒立てないため転んだだけだと押し通した。

入院から二日後、紗雪と祁答院、そして刑事の松下が病室を見舞ってくれた。

「階段で転んで大怪我したと聞いたけど、想像より重傷じゃん」

祁答院が手作りのビスコッティをベッド脇に置いた。ありがたいが口のなかが切れているため、牛乳かエスプレッソに浸《ひた》さないと食べるのは無理そうだ。

牟田が呼んだのは松下だけだった。しかし連絡を交《か》わし、三人で来てくれたようだ。大部屋に若い女性三人は華やかで注目を浴びた。牟田はコートを羽織り、病院の中庭に移動する。中庭は広くて、椿《つばき》が赤色の花を咲かせていた。一月半ばだが陽射《ひざ》しのおかげで暖かい。車椅子の老女が看護師と散歩をしていた。

「それで、どうして私に声をかけたの？」

松下が首を傾げる。紗雪や祁答院も不思議そうだ。牟田が空《あ》いたベンチに腰かけると、祁答院は隣に腰かけた。紗雪は使い捨てカイロで指先を温めている。

牟田はボイスレコーダーを取り出した。

「聞いてもらえますか。僕の会話の相手である井上卓は、環恒雄が馬場に殺意を持っていたと証言をした人物です」

喋ると鼻に痛みが走る。井上との会話を必要な箇所だけ再生した。井上が警察関係者との繋がりを明言したくだりで、松下が息を呑んだ。

「こんなことが……」

松下の顔が青ざめている。牟田は一時停止ボタンを押した。

紗雪がカイロを握りしめる。

「少し違うけど、同房スパイという言葉を思い出したよ」

「同房スパイですか？」

「証言者の偽証で冤罪に追い込まれるような案件は、実際に起きているんだ」

利害関係がある人物が偽証することは起こり得る。それ以外にも警察内部の不正や失態を隠すため、警察官が偽証をした事例もあるというのだ。

加えて留置場や拘置所などで同房だった者が、スパイとして近づく例が過去に発生しているそうなのだ。

「同房スパイは、何度も警察の世話になっていることが多い。捜査関係者とも顔見知りで、なおかつ刑務所に入りたくないという弱みもある」

スパイは容疑者に近づき、警察に都合の良い証言を引き出す。かわりに微罪《びざい》を見逃してもらえるというのだ。しかし歪んだ関係はさらなる過《あやま》ちを引き起こす。

「スパイが温情を得るために、容疑者に不利になるよう嘘の報告をすることも起こっているんだ。さらに微罪を見逃すことを餌《えさ》に、警察がスパイに偽証をさせることさえあるの」

「……警察官としては信じられない。でも絶対に起きていないとは断言できない」

松下が唇を引き結んだ。警察という組織に所属して、綺麗事では済まないことも目にしてきたのだろう。

それまで黙って聞いていた祁答院が目を瞬《またた》かせた。

「ちょっと待って。階段で転んだのは嘘ってこと？」

牟田がうなずくと、祁答院が眉をひそめる。

「つまり環恒雄の冤罪を証明するために大怪我をしたのね。どうしてそんなお節介を」

亜梨朱と同じ疑問をぶつけられ、牟田はまたも言葉に詰まる。そのとき帽子を被った一人の女性が、遠くから様子を窺《うかが》っているのが見えた。背中を丸めながら周囲を警戒し、大きなマスクで顔の下半分を覆っている。

すらりとした細身に覚えがあった。気づかれたと知ったのか、その人物が近寄ってきた。手前で足を止め、マスクを外《はず》すとやはり美兎だった。

「外出して大丈夫なんですか？」

化粧は大人《おとな》しめで、ニット帽で印象的な黒髪を隠している。服装もベージュを基調にした地味な色合いで統一されていた。

「今しがた退院してきたわ。あなたも入院したと聞いたけど、どうしてそんなひどい傷を負っているの？」

美兎がガーゼの貼られた鼻を痛々しげに見つめる。返事に迷っていると祁答院が舌打ちした。

「あんたの父親の事件を調べている最中に殴られたんだよ」

「そんな。何で牟田くんが」

美兎が口元を両手で覆う。牟田が調べる筋合いはない。亜梨朱に問われてからも考え続けていた。だけど暴行を受けて朦朧としながら夜の月を見上げた時、牟田は一つの結論に達していた。

「僕自身、無実の罪を着せられたことがあります。だからこそ、冤罪被害をなくしたいと強く思うようになりました」

他人の気持ちに全て共感するのは無理だ。あくまで想像し、理解した気になるのが限界だと思う。だけど恐怖を体験した牟田は自らの身に置き換《か》えることができた。それは想像力の乏《とぼ》しい牟田が、他人の気持ちを理解するための第一歩になる。

「ただ本音を言うと、僕は自分のためにやっているだけなんです」

「牟田くんのため？」

四人が訝しげな表情を浮かべた。牟田はベンチから紗雪を見上げる。

「心当たりのない罪で責められるのは本当に辛かった。そして冤罪に苦しむ人を見るのも胸が痛みました。その分、疑いが晴れた瞬間の喜びは大きかった。それで気づいたんです。僕は誰かの助けになることが好きらしいんです」

「無類のお人好しってこと？」

　祁答院の疑問を牟田は首を横に振って否定する。

「他人の不幸がないと成立しない以上、綺麗事を言う気はありません。誰かを救う行為で充実感を得ているだけです。要するに、やり甲斐《がい》のために冤罪事件を解決したかっただけなんです」

　社会正義の実現など、理想を口にしたほうが聞こえはいいだろう。だけど大言壮語《たいげんそうご》は肌に合わないし、何より牟田には照れくさい。

　沈黙が流れ、今さらながら自分語りを恥ずかしく思う。美兎は顔を伏せ、祁答院は眉間《みけん》に皺を寄せている。松下は表情を変えないでいた。

「牟田くんらしいね」

　紗雪がふいに口角を上げる。柔らかな表情に牟田は安堵する。それから紗雪は真顔になり、美兎に身体を向けた。美兎が背筋《せすじ》を伸ばす。

「父の死が納得できなくて、私は冤罪の研究をはじめた。そして冤罪で苦しむ人が大勢いることを知り、少しでも助けになりたいと思うようになった。その気持ちは今では私の大切な心の一部になった」

太陽を雲が隠し、庭に影をつくる。

「馬場春太も、共犯者とされる環恒雄も、私は絶対に許せない」

紗雪が急に語気を強めた。美兎は今にも逃げ出しそうに身体を引いているが、足が動かないのか立ち竦んでいる。

「だけど、それでも」

紗雪が一歩美兎に近づく。牟田は紗雪が戦っているのだと思った。憎しみと信念の狭間（はざま）でせめぎ合っている。互いの吐息が重なり合うほどの距離で、紗雪は言った。

「それでも私は、大事な人を冤罪だと信じるあなたを助けたい」

紗雪は以前、美兎との思い出話をしてくれた。クラスメイトに疑われた紗雪は美兎に救いを求めた。それに応《こた》えた美兎は、見事な推理で疑いを晴らしたという。懐《なつ》かしそうに語る紗雪の口元は、優しく綻《ほころ》んでいた。

「美兎が望んでいることは何？」

二人は黙って見つめ合う。雲が流れて庭に陽射しが戻る。美兎の目尻から涙が溢《あふ》れ、頬を伝って地面に落ちる。美兎が膝をつき、顔を両手で覆った。

「……お願い、パパを助けて」

「わかった」

紗雪がうなずくと、祁答院が突然立ち上がった。

「師匠を死なせた奴を助けるなんて、私には理解できない」

そのまま足早に立ち去る。遠ざかる背中を紗雪が悲しげに見送った。

「依子《よりこ》さんは、父が独立前に働いていた店でアルバイトをしていたの。料理の基礎を父から教わったらしくて、父が経営していた店にも何度も遊びに来てくれたんだ」

紗雪が寂しげに言った直後、牟田のスマホにメッセージが届いた。牟田はうずくまる美兎に声をかけた。

「環さんは国選弁護人で悩んでいますよね」

「そうだけど」

涙を袖で拭《ぬぐ》う美兎は、目元が赤くなっていた。

「弁護士をしている姉が事件に興味を持ってます。明日にでも会ってみませんか？」

「詳しく聞かせて」

美兎が立ち上がる。紗雪も興味深そうにしていて、松下は無言で見守っていた。長らく屋外にいたせいか身体の芯が冷えはじめている。乾いた風が吹き抜け、枯れ草が頼りなく揺らめいた。

3

姉の千種は、都内に建てられたマンションの三階にある2LDKを自宅兼事務所にしている。最近まで雇われの居候《いそうろう》弁護士いわゆるイソ弁だったが、独立して事務所を構えたばかりだった。

美兎は恒雄に自白を勧《すす》める国選弁護人に不満を漏《も》らしていた。そこで千種に事情を伝えると、引き受けてもいいと返事が届いたのだ。

千種は今、新規案件を受任できないほど忙しいはずだ。加えて刑事事件は民事に較《くら》べて経費が嵩《かさ》む上に実入《みい》りが少ない。確認していないけれど、父の下した判決も影響しているのだろう。子が責任を感じる必要はないだろうが、少なくとも牟田は心を囚《とら》われている。

リビングが応接室になっていて、開け放たれた奥の洋室の本棚に大量の専門書が並んでいる。もう一室は生活スペースなので立入禁止だ。

千種が応接用のソファで大量の資料を読み込んでいる。紺色のスーツ姿は凜《りん》としていて、実家での萎《しお》れた姿と別人だ。初めて本物の弁護士だと実感したが、これを本人に伝えたら怒られるだろう。

千種が資料を置き、正面に座る美兎と紗雪に視線を向けた。

「このままでは有罪になるでしょう」

美兎が唇を引き結ぶ。先日、恒雄が馬場殺害の容疑で正式に起訴された。恒雄は検察官の取り調べにも自白をしていない。

八年前の環瑠美の事件は不起訴になった。物的証拠が何も残っていないため、手記だけでは公判は維持できないと判断したようだ。

「馬場春太の事件での物的証拠は充分です。幸司が体を張って偽証の証拠を入手しましたが、決め手としては弱いでしょう。ところで幸司、その件で続報はある？」

牟田は首を横に振る。音声データはコピーして松下に渡してある。警察内部で問題が追及されることを期待したが、松下は信頼できる上司に相談中だと言っていた。警察が恒雄を送検している以上、慎重に行動せざるを得ないと悔しそうにしていた。

千種がテーブルの上の資料を美兎と紗雪へと押し出した。

「検察が開示した証拠です。こちらに有利な証拠を地道に見つける他ないでしょう。手掛かりはどこに散らばっているかわかりません。お二人の推理力と観察眼は幸司から聞いています。必要とあれば幸司が調査します。どうかご協力よろしくお願いします」

鼻骨は完治していないけれど、出歩く程度なら問題ない。弟の扱いが荒いのは幼少期から慣れているが、年上女性に逆《さか》らえないのは姉が原因かもしれない。

テーブルの上には大量の書類と写真が積まれていた。検察や警察にはこれ以外にも証拠があるのだという。紗雪と美兎は真剣な顔で資料に手をつける。気が遠くなるが、牟田は地道な作業に取り組む覚悟を固めた。

翌週から大学は長い休みに入った。牟田は千種の事務所に通いつつ、イルソーレにも出勤した。祁答院は普段通りだが、紗雪は店に顔を出さなくなった。

「暇ですね」

「これだけ寒いと外出する気も失《う》せるよ」

この冬一番の寒気が東京上空を覆った夜、祁答院は厨房《ちゆうぼう》でカトラリーを磨いていた。夜七時半の時点で、メインディッシュを終えた客が二組いるだけだ。事前予約もなく、飛び込み客がドアを開ける気配もない。

所在なく立っていると、店内に貼られたイタリアの地図が目に入った。馬場の遺体の胸元の血痕がイタリア半島に似ていたことを思い出し、気持ちが沈んだ。

祁答院の指示で早上がりになり、牟田は着替えて店を出る。外は震えるほどの寒さで、歩行者は誰もが早足だった。牟田もアパートまでの道のりを急いだ。

牟田は二階にある自室の前で鍵を取り出す。そこで違和感を覚えた。ドア脇にある小窓の磨《す》りガラスの奥に不自然な光が見えたのだ。

慎重に鍵を開けたが、カタンと音が響いた。その直後に光が消える。ドアを一気に開けると、室内に全身黒ずくめの人影があった。

牟田が固まっていると、人影は窓に走った。閉めたはずの窓が全開で、人影は躊躇《ちゆうちよ》なくベランダの先に姿を消した。ようやく足が動き、廊下を走って階段を下りる。建物を回り込むが、人影はすでにどこにもなかった。

あきらめて部屋に戻り、蛍光灯を点けると棚が全て開けられていた。だが確認すると通帳や印鑑、カード類は全て無事だった。

安堵したのも束《つか》の間《ま》、重要なことに気づく。井上の証言を録音したＩＣレコーダーが消え、コピーする際に使用したノートパソコンも破壊されていたのだ。

牟田は千種の事務所のソファで頭を垂《た》れていた。エアコンが暖かな風を送り出す。芳《かぐわ》しい匂いに顔を上げると、紗雪がコーヒーの入ったカップを目の前に置いた。

「あまり落ち込まないで。コピーは松下さんが持っているんだから」

牟田は空き巣被害を通報した。被害はやはりＩＣレコーダーとノートパソコンの二点だった。警察には井上卓の名前を出し、トラブルに関する録音データが入っていると説明した。松下が調査中のため、詳しい内容については何とか誤魔化《ごまか》した。

「でも大事な原本を奪われたのは不甲斐ないです。データをクラウドに保存するか、この事務所にもコピーを保管するべきでした」

「それよりも侵入窃盗犯に遭遇したのに無事で何よりだわ。逆上した犯人が刃物を振るう可能性だってあったのだから」

美兎が紅茶を口にする。千種は裁判所で仕事中のため、事務所には現在三人だけだ。美兎がカップをテーブルに置く。

「井上卓について沖刑事から情報を仕入れてきたわ」

沖刑事は井上のことを把握していた。気の短いチンピラといった認識で、執行猶予《ゆうよ》中のため罪を犯したら即刑務所行きらしい。

「その沖刑事は大丈夫なの？」

警察内部には井上と通じている人間がいる。紗雪の心配も当然だろう。紗雪の質問に美兎の表情が硬くなる。共同作業を進めているが、美兎は未《いま》だに紗雪に負い目を感じている様子だった。長年の溝は簡単には埋まらないらしい。

「見た目は怖いけど、不正を働く性格じゃない。ただ残念なことが判明したわ。井上は空き巣の時刻は居酒屋にいてアリバイが成立したの」

空き巣の最有力候補は井上だろう。しかし録音の存在を知った経緯など疑問が残る。それに牟田が目撃した人影は、暗いので背格好や性別さえ曖昧《あいまい》だった。

牟田は躊躇《ためら》いがちに口を開く。

「ICレコーダーのことを知っているなら、警察関係者でしょうか」

松下は上司に相談したと話していた。録音の存在を知る人が限られる以上、警察関係者の可能性も考えられる。警察という巨大権力が敵だと考えると寒気がした。

美兎が急に立ち上がる。

「警察内部の仕業と決まったわけじゃない。今はできることに全力で取り組むだけよ。ランチの時間だし、気分転換に外へ出ましょう」

今一番不安なのは、父親が逮捕されている美兎のはずだ。それなのに前向きに振る舞う姿に、牟田は自分も明るくありたいと思った。

「それなら近所に気になるピッツェリアがあるんです。本場から直輸入した薪釜《まきがま》を使っていて、マルゲリータが絶品だと姉が教えてくれました」

牟田は努めて朗《ほが》らかな笑顔を作る。身支度を整え三人で事務所を出た。外は相変わらず気温が低く、空気が乾燥していた。事務所はマンションの三階なので、牟田たちは階段を利用している。下りる途中、牟田は忘れ物に気がついた。

「割引券があるんです。事務所の棚にあるので取ってきますね」

「それは大事だね」

「当然よ」

紗雪と美兎がうなずき合う。ピッツェリアの割引券を千種から自由に使っていいと言われていたのだ。牟田は二人を先に行かせて事務所に走る。短時間外にいただけなのに、暖かさの残る室内で眼鏡が曇った。クーポンを取って戻ると、階段の途中で待っていた紗雪の顔だけが見えた。数段下にいるはずの美兎の姿は隠れている。

突然、紗雪が目を丸くした。不思議に思いつつ追いつくと、紗雪はまだ固まっている。隣の美兎も紗雪の様子に首を傾げていた。

「どうしました？」

「何でもない。寒いから早く行こうか」

紗雪は普段の調子に戻り、先に階段を下りていった。奇妙に思いつつも牟田は美兎と一緒に追いかける。ピッツェリアは姉の評価通りの美味しさで、トマトソースの酸味とモッツァレラチーズのコク、そして何より生地《きじ》の持つ小麦の味の力強さが印象的だった。

「またこの店に来ましょう。全て解決したら、みんなでまた一緒に」

ピザを食べながら牟田が言うと、紗雪と美兎は曖昧な表情のまま返事をしない。だけど牟田の目には二人とも嫌がっているようには見えなかった。

翌日は陰鬱《いんうつ》な雲から冷たい雨が降っていた。午後からは完全に雪に変わるらしい。かじかむ指で事務所のドアを開け、部屋に入って暖房をつける。しばらくして美兎と紗雪がやってくる。古新聞を渡すと、二人は丸めて湿った靴に詰めた。

美兎がタブレット端末で動画を再生する。牟田が遺体発見直後にスマホで撮影したものだ。データを共有して何度も再生しているけれど、手掛かりは何も見つからない。紗雪はテーブルの向かいに腰かけ、警察が撮影した現場写真を精査している。牟田も何度か調べたもので、フラッシュが焚《た》かれ、遺体が様々な角度で撮影されていた。

「事件の日についてまた詳しく話して」

「わかりました」

美兎に言われ、牟田は当時の記憶を順番に説明する。何度も同じことを繰り返している。些細《ささい》な情報から新たな事実がわかる可能性は捨てきれない。しかし一向《いっこう》に進展しないことで焦りも生まれていた。馬場の遺体を見つけたくだりで牟田は深く息を吐いた。

「暗闇のなかに頭から血を流した馬場さんが倒れていました。シャツにも血痕があって、僕はぼんやりとイタリア半島みたいだと考えました」

口に出してから後悔する。遺体に付着した血痕を地図に喩《たと》えるなんて、不謹慎《ふきんしん》だと思われても仕方ない。しかし美兎は気にせずに動画を停止した。

「確かに似ているね」

「すみません」

「非現実的な状況に遭遇すると、人は不合理な行動を取ったり、意味不明な言動を口にするものよ。紗雪は何か発見はあった？」

「特に何も。島まで再現しているのだから、イタリアが頭に浮かぶのも無理ないよ」

紗雪が写真をテーブルに置き、テーブルを回り込んでタブレットを覗き込む。それから紗雪が伸びをした。

「今日はもうおしまいにしない？」

「……そうね」

美兎が顔を伏せる。精神的な疲労が蓄積され、焦燥感から検討も進まない。雪が積もれば帰宅は困難になる。紗雪の提案を受け入れ、今日は帰ることに決めた。

外に出ると雨はみぞれ交《ま》じりになっていた。駅に到着すると、紗雪は買い物があるからと普段とは反対方向の電車で去っていった。

ホームで帰りの電車を待っていたら、突然美兎がコートを指で摘《つ》まんできた。

「牟田くん、これから用事ある？」

「特にありませんよ」

美兎が上目遣《うわめづか》いのまま口を閉じる。構内アナウンスが電車の到着を告げる。寒さのせいか美兎の頰は赤く染まっていた。

「世志彦さんのお墓参りがしたいの」

紗雪には内緒にしたいと続け、美兎が口を引き結んだ。美兎は紗雪との距離を測《はか》りかねているようだった。墓参りを望んでいると言い出しにくかったはずだ。

「わかりました。案内します」

牟田がうなずくと、美兎が胸に手を当てて息を吐いた。

「ありがとう」

吹きさらしのホームで息が白く変わる。電車が滑り込み、美兎の黒髪が風に揺れる。開いたドアから乗り込む。濡れた傘を持つ乗客が多く、車内に湿気が籠もっていた。

天気予報は的中し、向かう途中で完全な雪に変わった。スタッドレスタイヤを履いたレンタカーは順調に走行する。降雪量は刻《とき》を追うごとに増し、ラジオでは記録的な大雪になるかもしれないと警戒を促《うなが》していた。

美兎の運転する車は牟田の案内によって二時間ほどで霊園に到着した。駐車場は一面、雪に覆われていた。傘を差すと、乾いた雪が降り注いだ。墓参客の姿はなく、牟田たちは新雪に足跡をつける。階段では転ばないよう気を配った。

世志彦の墓にも真新しい雪が積もっている。美兎は小さな墓石の前で跪《ひざまず》いて手を合わせた。手渡された傘を美兎の頭上にかざすと、牟田の腕に雪が落ちた。管理者が掃除したのか蠟梅も仏花もなくなっていた。

奥の林で、重みに耐えかねた枝から雪が落下した。美兎が立ち上がって振り向く。

「連れてきてくれてありがとう」

傘を返すと美兎が大事そうに両手でつかんだ。牟田も墓に挨拶を済ませ、二人で来た道を戻る。往路の足跡を雪が覆いはじめていた。

階段の上から一望する霊園は白一色だった。遠くの街並みも雪景色が続き、空は遠くまで灰色だ。階段は急で、牟田は美兎に手を差し出す。二人で協力しないと滑って落下しそうだ。美兎は一瞬固まってから、理由に納得したらしく握り返してくれた。美兎の指先はとても温かかった。

「この場所で噂の『蠟梅の君』に遭遇したのよね」

蠟梅を供える女性について、美兎とも情報を共有していた。世志彦の浮気相手の候補である以上、事件への関与の可能性は捨てきれない。だが正体は未だ謎に包まれている。

「階段を上りきる手前で僕が発見したんです。相手はすぐに逃げたので顔は見えませんでした。紗雪さんが階段を上りきったときには、完全に背中を向けていましたし」

二人は一段ずつ階段を下りる。雪は激しさを増し、全てを白一色で埋め尽くす勢いだ。

美兎が急に足を止め、握った手に力を込めた。

「今のは牟田くんが蠟梅の君を発見したとき、紗雪は後ろにいたという意味かしら」

「そうですね。三段くらい下にいました」

墓前に立つ心の準備を整えるためか、紗雪はあのとき階段の途中で足を止めた。そのため牟田より数段、上るのが遅れていたのだ。

「おかしいわ」

美兎が手を繋いだまま振り返る。傘を邪魔に感じたのか放り投げると、跳《は》ねながら落下して雪上に着地した。

「何がでしょう」

「あなたが先に蠟梅の君を発見した。その時点であちらからは牟田くんだけが見えていたはずよ。数段下の紗雪の姿は隠れていたのに、蠟梅の君は逃げ出した」

「どういう意味ですか？」

「その人物は紗雪ではなく牟田くんから逃げた。つまりあなたの顔を知っていたの」

牟田も驚きで傘を落としそうになる。紗雪は過去に蠟梅の女性から逃げられた経験がある。そのため今回も紗雪が原因だと勘違いしてしまった。

蠟梅の花を毎年供えているのだ。世志彦と面識があり、なおかつ牟田の知り合いということになる。該当する女性は少ない。そのなかでもここにいる美兎と、紗雪の母親は除外していいだろう。

「今すぐ紗雪に電話して」

牟田は繋いだ手を離してスマホを取り出した。画面に雪が落ち、かじかむ指で電話をかける。冷えた耳に当てると、何度かのコール音の後に通話が繋がった。

「遠藤さんですか」

「どうしたの？」

雪は容赦《ようしゃ》なく降り注ぐ。滑りやすい階段の途中に立つことを急に怖く感じた。

「蠟梅の女性について気づいたことがあるんです」

「ひょっとして美兎と一緒に父のお墓にいる？」

「え……」

蠟梅の女性の正体を見抜いた事実から、居場所と美兎が一緒にいることを推測したのだろうか。絶句していると、電話の向こうから鐘のような音が聞こえた。

「この天気なら霊園から車で二時間以上はかかるね。その頃に用事は終わっているはずだから改めて連絡するよ」

紗雪が通話を切る。美兎が心配そうに様子を窺っている。牟田が紗雪の発言をそのまま伝えると、美兎が階段を駆け下りた。滑り落ちるような速度を危険に感じ、牟田も転落しないよう注意しながら追いかけた。

「急にどうしたんですか」

「昨日、千種さんの事務所の階段で紗雪が黙り込んだよね。不審に思っていたけど、あのとき蠟梅の君の正体に思い当たったに違いないわ」

紗雪は千種のマンションの階段で、戻ってきた牟田を見て驚いた顔を浮かべていた。先ほどの墓前と階段の位置関係は、あのときの状況と似ている。

階段を下り、美兎の傘を回収する。駐車場のレンタカーは雪に覆われていた。払ってから乗り込み、美兎がエンジンをかけた。ズボンの裾も靴も濡れている。

「昨日には気づいていたのに、私たちには黙っていた。紗雪は自分だけで会うつもりよ」

牟田はまず祁答院に電話をかけた。世志彦と牟田、両方を知る人物として真っ先に浮かんだのだ。しかしすぐに留守番電話に切り替わってしまった。

車が新雪を踏み締めながら駐車場を進んでいく。次に松下刑事に電話をかけたが、電波が届かなかった。牟田には二人以外に心当たりがない。

美兎がアクセルを踏みながらつぶやいた。

「私たちは一緒に謎を追っているのよ。単独行動なんて許せない」

勢いを増した雪がフロントガラスに当たる。

美兎はワイパーを速め、アクセルを緩《ゆる》めない。空には延々と厚い雲が続き、行き着く先も大雪であることを予感させた。

美兎による恐怖を覚えるほどの運転は、悪路のせいで紗雪が言った通り二時間でタヴェルナ・イルソーレに到着した。道中に何度も連絡を試《こころ》みたが誰とも繋がらない。そこで祁答院がいる可能性の高いイルソーレを真っ先に目指したのだ。

改めて連絡をすると告げたのに、紗雪から電話はかかってこない。時刻は午後四時半で、本来ならディナーの仕込みをしている時間だ。路上駐車して駆けつけると、窓ガラスは曇って店内が見えなかった。ドアを開けるとニンニクとオリーブオイルの香りがした。

祁答院は厨房で小麦の生地を練っていた。

「突然どうしたの」

「何度も連絡したんですよ」

「昨日スマホが壊れて、中休みに携帯ショップに行っていたから店を空けていたんだ。今日はシフトじゃないはずだけど」

偶然が重なった結果らしい。背後の美兎《みと》を見留めた祁答院が顔をしかめて、生地の固まりをまな板に叩きつける。美兎が怯《おび》えるように牟田の背中に隠れた。

「何の用？」

「紗雪さんは来ていませんか」

「牟田くんも知っての通り一週間以上見てないけど」

不機嫌さを顕《あら》わにする祁答院に今日の出来事を説明する。話を聞きながら、生地を丸めてバットに並べていた。発酵《はっこう》させた後、イルソーレ定番のピザ生地になる。

「音信不通なのは、用事が長引いているだけじゃない？　それに単にお墓に花を供えた人がわかっただけだよね。紗雪が一人で会う気なら尊重するべきだよ」

「世志彦さんの浮気相手なら、パパや叔父さんに恨《うら》みがあるわ」

「重要人物なら昨日気づいた時点で真っ先に会いに行く。わざわざ一日置いて、みんなの前に現れてから出直すなんて面倒な真似はしないって」

祁答院の指摘は的確だ。事務所を訪れて調査の続きをせず、休むと連絡を入れれば済むのだ。美兎も反論を思いつけないのか、祁答院から顔を逸らした。

「イタリアだ」

美兎がつぶやいてから、茫然と壁に貼られたイタリアの地図を見つめた。アルファベットで地名が記され、地方ごとにイラストで特産品が描かれていたものだ。

美兎が壁に歩み寄り、地図に顔を近づけた。美兎の突然の行動に、牟田も茫然とする。

祁答院は不審そうだ。美兎が地図を凝視《ぎょうし》したまま口を開いた。

「牟田くん、遺体発見時の動画はここで再生できる？」

「見れますけど」

音声データ盗難の反省から、データは全てクラウドで保存している。スマホにダウンロードして手渡すと、美兎は動画を再生させた。そして馬場の遺体が映ったところで停止する。遺体のシャツにはイタリア半島に似た血痕が付着していた。

「やっぱりそうだ。両方見ていたのに、本当に私は馬鹿だ」

「確かに国の形みたいだけど、それがどうしたの」

祁答院が背後から画面を覗き込んだ。血痕は垂れ落ちてから途中で分かれ、長靴を連想させる形状に染み込んでいる。美兎が画面を指で操作し、血痕部分を拡大した。

「何度も見たから間違いない。警察が撮影した写真は、動画より血痕の数が多かったわ」

「血痕が、多かった？」

「牟田くんは動画を見てイタリア半島と表現した。だけど私の記憶では、シチリア島とサルデーニャ島に近い場所に円状の血の染みがあった。紗雪も島まで再現していると言っていたわよね」

イタリア半島は一般的に長靴と称される土地を指す。そしてシチリア島は長靴の足先、サルデーニャ島は西に位置する島のことで、全体でイタリア共和国になる。

だが動画では二つの島の位置に血痕が付着していない。牟田はイルソーレで毎日イタリアの地図を見ている。そのため血痕を見た瞬間、とっさにイタリア半島みたいだと連想したのだ。

だが美兎が言うには警察が撮影した写真では血痕が増えていたというのだ。頭のなかを整理しようとするが、考えがまとまってくれない。

「でも、それってつまり」

「誰かが後から血痕を足したことになる」

牟田が動画を撮影した後、制服警官がやって来た。制服警官は一瞥して馬場が死亡していると判断し、すぐに無線で応援を要請した。

現場に続々と警察官が到着し、続いて松下刑事が姿を現した。制服警官に馬場のことを知人だと伝え、身元確認のため遺体に近づいた。その後に鑑識が現場の写真を撮影した。

「松下さんなら可能です」

「きっと紗雪も午前のやりとりで、血痕について気づいたのよ」

何らかの方法で血液を採取していれば、遺体に近づいた際に血痕を付け足すことはできるはずだ。祁答院は頬を引きつらせて首を横に振った。

「松下さんは刑事だよ。証拠を捏造《ねつぞう》するなんて信じられない」

「冤罪の歴史を紐解《ひもと》けば、警察による捏造なんてたくさん存在するわ。たとえば犯人が捨てたとされるズボンが味噌《みそ》のタンクで発見されたことがあるわ。容疑者にはサイズが小さすぎて穿《は》けなかったのに、警察は味噌漬けになったせいで服が縮んだなんて馬鹿げたことを本気で主張したのよ」

「でも紗雪さんは、なぜ一人で行動したのでしょう」

「きっと信じたくなかったんだよ」

祁答院がエプロンを外し、近くのテーブルの上に置いた。

「紗雪にとってお父さんの店で過ごした時間は大切な思い出で、松下さんもその一部なの。だから事件への関与に納得できなくて、まずは一人で話を聞こうとしたんだと思う」

祁答院がバックヤードに走り、戻ってきたときにはダウンジャケットを着込んでいた。

そして牟田に店の鍵を手渡した。

「松下さんのマンションを訪ねてみる。いるとわかったらすぐ牟田くんに連絡をするよ」

出入口のドアを押す祁答院に、美兎が続いた。

「私は車で紗雪の自宅に向かう。牟田くんはこの場に待機して連絡を待っていて。もしも他の行き先を思いついたら駆けつけてちょうだい」

美兎と祁答院が店を出て、牟田は一人残される。自分だけ何もしないのはもどかしい。深呼吸で気持ちを落ち着かせ、紗雪と松下がどこにいるのか考えを巡らせる。

事件について話し合うなら、どちらかの自宅の可能性が高いだろうか。最後の電話から二時間半が経過したが、スマホに紗雪からの連絡はない。

「あっ」

電話が切られる直前、紗雪の背後から鐘のような音が聞こえた。思い返すと学校のチャイムに似ていた気がする。以前、紗雪に連れられて世志彦が開いた店の跡地に立ち寄った際、近くの学校からチャイムの音が響いていた。

店を出ると、歩道は雪で埋もれていた。記録的な大雪になるという予報は的中したようだ。牟田はイルソーレのドアを施錠《せじょう》する。目指す場所は遠いが、一刻も早くたどり着きたかった。牟田は大通りに出て、雪道を慎重に走るタクシーに手を挙げた。

降り続ける雪は、足首が埋もれる高さまで積もっていた。店舗跡地のビルの前に紗雪の車があった。ビルの前の駐車スペースは真新しい白色で埋め尽くされ、二人分の足跡が雪で埋もれながらも、わずかに凹《へこ》みを残していた。建物一階の入口に続いていて、戻る靴跡はまだつけられていない。

ロープをくぐって侵入する。入口のドアは押すと簡単に開いた。

建物に入った瞬間、牟田の脳裏にイタリアンレストランの記憶が蘇る。最終的に何かの事務所として使用されたようだが、柱や窓の位置などは同じだった。

店の奥で何かが動く気配がした。奥の部屋に飛び込んだ牟田は目の前の光景に叫んだ。

「遠藤さん！」

紗雪が倒れ、松下が座り込んでいる。松下が牟田の出現に目を見開く。牟田は全力で駆け寄り、立ち上がりかけた松下を両腕で突き飛ばした。

松下がファイルやコピー用紙、枯葉が散乱する床を転がる。牟田は紗雪に覆い被さり、呼吸と脈を確認した。

「よかった。生きてる」

紗雪は息をしていたが、側頭部から血が流れていた。視界の端で松下が立ち上がる。牟田は松下に向き直り、紗雪を守るために両手を広げた。松下は埃まみれのまま動かない。

すると背後から声が聞こえた。

「牟田くん、警戒しなくても平気だよ」

紗雪が頭を押さえ、起き上がろうとしていた。松下が心配そうな声を上げる。

「紗雪ちゃん、じっとしていて」

牟田の肩をつかみながら紗雪が両足で立つ。身体を支えると、紗雪は荒い呼吸のまま口を開いた。

「口論が過熱して二人とも頭に血が上ったの。建物から出ようとする松下さんを制止しようとしたら、振り払われた拍子に私が足を滑らせて転んだんだ。単なる不幸な事故で、松下さんに危害を加える意思はない」

二人に何が起きたのか知る由《よし》もないが、紗雪の主張を信じるしかない。それに今気づいたが、牟田が松下を突き飛ばした時点で不自然なのだ。不意を衝《つ》いたとはいえ、現役の刑事である松下に敵《かな》うわけがない。敵意があれば、一瞬で返り討ちに遭《あ》うはずだ。

紗雪は牟田につかまりながら、覚束《おぼつか》ない足取りで松下に近づく。側頭部から血が伝い、耳を経《へ》て肩に落ちる。紗雪の顔には玉のような汗が浮かんでいた。

「自首してください」

割れた窓ガラスの向こうで雪が降り続いている。外の音は一切消え、世界の全てが白色に埋もれたみたいだ。松下は肩を震わせ、躊躇いがちに首を縦に動かした。

「よかった」

口元を緩めた直後、紗雪の全身から力が抜けた。牟田はとっさに抱きとめる。松下がスマホを取り出し、救急車の出動を要請していた。腕のなかの紗雪に呼びかける。だけど目を閉じたまま、一切の反応を示さなかった。

永遠に続くように感じられた雪も、暗くなるころには降り止《や》んだ。窓の外は雪が明かりを反射して薄明るい。庭の木陰に誰かが作った雪だるまが佇《たたず》んでいた。

ＭＲＩ検査室のドアの上に、検査中のランプが灯《とも》っていた。廊下では松下と祁答院、美兎と牟田が検査終了を待っている。病棟の端なので患者はほぼ通らず、たまに看護師や技師が忙《せわ》しなく往き来していた。

紗雪は救急車で近くの病院に搬送された。奇《く》しくも牟田が以前運ばれたところだ。その後は牟田の連絡で美兎と祁答院が駆けつけた。

松下は自首を約束した。しかしその前に紗雪の検査結果を待つことを望んだ。松下は自らの罪をここで打ち明けるつもりのようだ。

紗雪と美兎の推理通り、松下は世志彦の愛人だった。当時の世志彦は四十二歳、松下は二十歳《はたち》だった。ランチの常連として顔馴染みで、休日に街で偶然鉢合《はちあ》わせしたことがきっかけで意気投合したらしい。すでに世志彦と妻の関係は破綻《はたん》しており、惹《ひ》かれ合った二人は秘めた交際をはじめた。

過去の恋人である環瑠美をどう思っていたのか、松下は世志彦に聞いたことがあった。

恋愛感情はすでになく、気の合う友人同士だと話していたそうだ。

「瑠美さんが世志彦さんをどう思っていたかまでは、わからないけどね」

馬場の手記によれば、恒雄は嫉妬のあまり瑠美殺害に協力したとある。ただし恒雄が黙《もく》秘《ひ》し、関係者がこの世にいない現在、真実を知ることは難しい。

世志彦と瑠美を疑う周囲の目は、松下との関係の隠れ蓑《みの》にもなった。

「批難されるべき関係だけど、私は幸せだった。蠟梅のことを話してもらえたときは本当に嬉しかった。だけど世志彦さんの逮捕で全てが終わった」

松下は事件当時、旅行に出ていた。そのため警察の容疑から早い段階で外れ、不倫が表沙汰になることもなかった。松下は不倫の関係を公表し、世志彦に動機がないと説明するべきか悩んだ。しかし殺人事件の参考人になることへの重圧は、二十歳の若者にとって耐え難いものだった。身動きが取れないまま裁判は進み、世志彦は獄中で自殺した。

「私は何もしなかった自分を責めた。世志彦さんは絶対に無実なのに。だから私は警察に入って、内部から事件を再調査することを決意したんだ」

警察官採用試験を通過し、着実に成果を挙げた結果、松下は刑事として採用された。そして職権を利用して世志彦の事件を調べ直した。しかし、結局何もつかめなかった。

「世志彦さんを自白させたのは、取り調べの達人として名高い老刑事だった。事件後すぐに定年退職して、今は認知症で介護施設に入っている。会いに行ったけど会話は通じなかった」

松下は刑事として素行不良者とも顔見知りになった。情報提供者として利用している者もいて、井上卓もその一人だった。そしてある日、井上から奇妙な噂を耳にする。

「以前から井上に、環瑠美の事件に興味があると匂わせていたの。そうしたら井上から、馬場と恒雄が飲み屋で口論しているのを見たと聞かされ、調査を開始したんだ」

調べると馬場は経営に行き詰まり、恒雄に金の無心をしていることがわかった。

「ある夜、私は二人が飲んでいる側でこっそり聞き耳を立てたの。そこで泥酔した馬場に向けて環恒雄が怒鳴《どな》っていたんだ。なぜあの宝石を売ったんだと詰問《きつもん》する環恒雄に対して、馬場はもう誰も気にしないと笑っていたの。私は環瑠美宅から消えた宝飾品だと直感した。その直後、環恒雄は馬場に金を貸すと約束していたんだ」

美兎が強く目を閉じる。恒雄は妻殺害を否認し、最終的に不起訴になった。しかしやり取りを伝え聞く限り、何らかの形で関与した可能性は高いように思われた。

調査を進めると、馬場が実際に高額な宝飾品を売り払っていたことが判明する。特徴から瑠美の物だと考えられたが、すでに外国に渡っており特定は難しかった。そこで松下は馬場がまだ他の宝飾品も所持していると考え、馬場商会への侵入を試みた。

入念な下調べによって、馬場の不在に自信があった。監視カメラを避け、毛髪や指紋が残らないよう細心の注意を払った。しかし決行当日、馬場は松下が事務所を漁《あさ》っている最中に姿を現した。万が一の非常事態が起きてしまったのだ。

松下は覚悟を決めて馬場を問い詰めた。すると環瑠美の殺害を認め、恒雄が共犯者であると告白した。耳を疑ったが、秘密の暴露となる情報を喋ったことで犯人だと確信する。

頭に血が上った松下は馬場の顔を殴りつけた。鼻血が流れ、馬場のシャツに血痕が付着する。直後に馬場は想定外の行動に出る。

「馬場は『罪を償《つぐな》う』と叫び、自分で窓から飛び下りたの」

松下が目元を手で押さえ、長く息を吐く。美兎が松下に訊ねた。

「叔父さんが自殺した証拠はあるの？」

「一部始終を録音したデータがある」

美兎が廊下の壁に背をつけ、長いため息をつく。

「かかりつけの心療内科医が言うには、叔父さんは重度の躁鬱《そううつ》症状だったそうよ。宝飾品を売ったお金があっても、きっと焼け石に水だったに違いないわ。馬場商会も倒産間近だったし、母を殺したことへの罪の意識もあったはず。過去の罪を軽々しく口にしていたのも自暴自棄《じぼうじき》になった結果だと思う。そこで過去の罪を糾弾され、突発的に死を選んだのかもしれない」

ＭＲＩ検査室のランプは点いたままだ。誰も通過しない廊下は静かで、蛍光灯の音がかすかに響く。牟田が窓に触れると、指先に外気の冷たさが伝わった。

「どうして証拠を捏造したんですか？」

「二人のことが、許せなかった」

馬場は恒雄が共犯者だと告白して自殺した。その際に詳細な手記が残っていると話していたが、単なる記録と録音だけでは証拠能力が低いと考えた。

恒雄が自白するとは限らない。無罪放免になるのだけは許せなかった。松下は確実に罪を償わせるため、ある計画を考えついた。

「世志彦さんを死に追いやったことの報《むく》いを受けさせたかった。だけど直接手を下したわけではないし、環瑠美殺害も有罪になる可能性は低い。だから私は環恒雄に馬場殺害の罪を着せることで、殺人事件の罰を受けさせようと思ったんだ」

松下は遺体の指の指紋を使って馬場のスマホのロックを解除した。その上でメールを送信し、恒雄をビルの裏手に呼び出した。

松下は物陰に隠れ、姿を現した恒雄を殴って気絶させた。牟田が聞いた叫び声は、松下が恒雄を殴った際のものだったようだ。そして毛髪を抜き取り、流れる鼻血を採取した。

「血液はペンのキャップに入れた。少量で充分だし、指で蓋《ふた》をすればこぼれる心配も少ない。不安だったけど、やってみたら意外とうまくいくものね。だけど馬場の身体に血液を垂らす直前に、誰かが声をかけてきたんだ」

牟田が呼びかけた時点で、松下はビルの裏手にいたのだ。松下は勝手口を通って一階店舗に避難した。勝手口は侵入のために、松下が捜査過程で学んだピッキング技術で解錠していた。店舗入口の鍵は帰ってきた馬場が開けたのだと思われた。

松下は計画を変更し、馬場が飛び下りた部屋に戻った。恒雄の毛髪と少量の血液を現場に残していると、遠くからサイレンの音が聞こえた。恒雄がすでに立ち去ったことは窓から見ていた。松下は駆けつけた警察官と一緒に現場入りし、理由をつけて馬場の遺体に近づいた。そして隙を狙ってシャツに血液を垂らした。

計画通り、血痕が決め手となり恒雄は逮捕された。松下は念を入れるため、軽微な罪を見逃す代わりに井上に偽証をさせた。証言なしでも起訴されたと思うが、不安ゆえに動いてしまったという。

だが牟田の調査の結果、井上は警察にとって不利な証言をしてしまう。さらに録音データの存在を知った松下は牟田のアパートに侵入した。そしてＩＣレコーダーを盗み、ノートパソコンを破壊した。音声データのことは上司に報告しておらず、揉み消すつもりだったそうだ。

「だけどまさか牟田くんが、現場をスマホで撮影しているとは思わなかった」

牟田が撮影している間、松下は遺体のあった場所から離れていた。松下が戻った時点で、制服警官に叱《しか》られたせいで録画を中断している。そのため動画の存在を把握していなかったのだ。

真実に気づいた紗雪は、松下をレストラン跡に呼び出した。互いにとって大切な場所で話し合うことで松下を説得しようと考えたのだ。出頭するよう説得したが、松下は拒否した。話し合いが熱を帯びた結果、不幸な事故によって紗雪は負傷することになる。

検査中のランプが消え、全員の視線がドアに集まる。数分後、ストレッチャーに乗せられた検査着姿の紗雪が姿を現した。廊下に出てすぐ立ち上がる。頭に包帯を巻いているが足取りは確かで、目元を擦りながらあくびをした。

「MRIは初体験だけど、動けないし音が規則的に鳴るから眠くなるね」

「歩いても平気なんですか」

牟田が駆け寄ると、紗雪が微笑《ほほえ》みを返した。

「検査前にも話したでしょう。念のためMRIは撮影したけど、レントゲン検査で骨に異常はなかったし、医者も脳震盪《のうしんとう》だと診断したんだから」

紗雪は救急車で搬送中に目覚めた。頭部の傷は出血量の割に小さく、縫《ぬ》う必要もないと診断されていた。

美兎が紗雪の前に立つ。

「単独で動くからこんな目に遭うの。怪我人じゃなければ平手打ちよ」

「ごめん」

その直後、美兎が紗雪に抱きついた。美兎は「本当にバカよ」と声を震わせて言い、紗雪は困ったような笑みを浮かべて美兎の背中を優しく撫でた。

そこで廊下の先にある曲がり角に、茶色のコートを着た大柄な男性が姿を現した。捜査一課の沖刑事が厳《いか》めしい顔つきで近づいてくる。松下が立ち上がって姿勢を正した。沖刑事は紗雪や美兎を一瞥する。

「馬場春太のシャツに飛び散った血痕を再鑑定した結果、飛び散り方に不自然な点が見つかった。大きな血痕はシャツを着た直立状態で上方から落ちたものだが、いくつかは布地の垂直方向から落下したものだった」

松下は紗雪の診察中に、警察に電話して自らの罪を報告していた。沖刑事は事実関係を確認した上でやって来たようだ。

「現場に駆けつけた警察官から、お前が馬場春太の遺体に近づいたという証言も得た。今から警察署に来てもらう」

松下は素直にうなずく。沖刑事と松下の後ろに牟田たちも続く。診察時間は過ぎ、ロビーに来院者は誰もいなかった。

正面玄関を出ると、夜の凍《こご》える空気に身が引き締まった。沖刑事が一台のセダンの前で立ち止まる。松下はこちらに深々と頭を下げてから後部席に乗り込んだ。雪が残る駐車場から車が遠ざかるのを見送る。

「お父さん、もうすぐ全部終わるよ」

紗雪がつぶやいた。空には星が輝き、植え込みに無垢《むく》な雪が積もっている。牟田はコートを検査着姿の紗雪に羽織らせた。

明日は晴れて、気温が上昇するらしい。降り積もった雪もすぐに解けるのだろう。雪解けの後の世界が紗雪にとって、安らぎに満ちたものであってほしい。横顔を眺《なが》めながら牟田はそう祈るのだった。

エピローグ

季節が巡《めぐ》り、牟田は大学三年生になった。同級生たちの話題は就職活動が中心になっている。

四月下旬の暖かな空気のなかで、牟田は全力で走っていた。約束の午後六時半は過ぎている。遅刻の連絡は済ませたが、主役は一応牟田なのだ。タヴェルナ・イルソーレが見えてくる。定休日だが店内に明かりがついていた。息を切らせてドアを開け、謝罪を口にする前に文句が飛んできた。

「遅い！」

声の主は祁答院で、赤い顔でグラスのビールを呷《あお》っている。店内中央にテーブルが固められ、祁答院お手製の料理が並んでいた。紗雪と美兎が席でワインを味わっている。牟田が上着を脱いで椅子に座ると、紗雪がボトルから白ワインを注いでくれた。

「すみません、講義が長引いてしまって」

「お疲れさま。主役がいない間にはじめさせてもらったよ」

紗雪と美兎の前にもワイングラスが置いてある。一同はグラスを手にすると、祁答院が大きな声を出しながらグラスを掲《かか》げた。

「牟田くんの健闘を祈って乾杯」

今日は牟田のアルバイト卒業祝いだ。牟田は法科大学院受験のために勉強をはじめた。法曹《ほうそう》資格を得て、司法の仕事に携《たずさ》わることを将来の目標に据《す》えたのだ。しかし今の成績では突破は難しい。そこでアルバイトを辞《や》め、勉学に集中することに決めた。

祁答院がグラスを飲み干し、自分でモレッティの瓶からビールを注いだ。牟田が来る前からかなり飲んでいたらしい。

「牟田くんが弁護士を目指すとはね」

「成績次第では裁判官や検察官も考えています。どの職業も冤罪《えんざい》を食い止めるために、できることがありますから」

法曹資格を目指すきっかけは数々の冤罪事件に関わったことにある。この一年の経験は牟田の心に大きな影響を及ぼした。仕事にすれば冤罪にだけ取り組むわけにはいかない。だが無実の罪を許さない気持ちはずっと忘れないだろう。

紗雪がムール貝の白ワイン蒸しを笑顔で口に運ぶ。

「応援しているよ。たまにはイルソーレでごはんを食べようよ」

「ぜひご一緒したいです」

紗雪は大学院に進んで冤罪の研究を続けている。世志彦の逮捕からはじまった冤罪への取り組みは、紗雪の人生の一部になったのだ。

「司法試験か。私も今から挑戦しようかな」

美兎は二十四ヶ月熟成の生ハムと一緒に赤ワインを楽しんでいる。出会ったときのような黒ずくめの格好で、以前と同じ不遜《ふそん》な態度に戻っている。

美兎はすでに国家公務員総合職の試験を突破し、将来は警察のキャリア官僚の道に進むつもりでいたらしい。だが恒雄の逮捕を受けて辞退している。親族の経歴が就職に影響を及ぼすのは不条理だと思うけれど、越えられない壁はあるのだろう。

恒雄は松下の出頭を受けて釈放された。瑠美の事件でも不起訴になったため無罪放免だ。疑わしきは罰せずが原則である以上、正当な審判だと思う。ただし釈放後、美兎は恒雄を問い詰めたという。どんな結果に終わったか聞かされていないが、美兎は現在、恒雄との縁を切っている。

紗雪が眉間《みけん》に皺《しわ》を寄せ、隣に座る美兎の二の腕を肘《ひじ》で突いた。

「よそ見なんてしていないで、あんたは探偵業に専念しなさい」

「自営業は将来が不安なの！」

驚くことに美兎は卒業後に探偵事務所を開設した。過去に解決した事件の縁で依頼は舞い込んでいる。だがいつ仕事が途切れるか戦々恐々《せんせんきょうきょう》としているようだ。

メバルのアクアパッツァは身がしっとりしていて、濃厚な鮮魚のスープと一緒に食べると白身魚の甘みが引き立った。酸味の効いた爽《さわ》やかな白ワインとの相性が抜群だ。

大切な友人との一時《ひととき》を楽しみながら、牟田は松下にもここにいてほしいと考えた。

現役刑事による証拠の捏造は大きな注目を浴び、警視庁幹部による謝罪会見にまで発展した。再捜査の結果、警察は馬場が自殺したと結論づけた。

証拠の捏造や住居侵入、器物損壊などによって松下は懲戒免職《ちょうかいめんしょく》になった。逮捕後に起訴されたが審理が長引き、現在もまだ判決は出ていない。

余談だが井上卓は松下の件で聞き込みに来た刑事に暴力を振るい、公務執行妨害で逮捕された。執行猶予中だったため現在は服役中らしい。

祁答院は店で一番高い牛ヒレ肉のグリルを味わいながら、秘蔵コレクションだと自慢していた珍しいイタリアワインを楽しんでいた。どちらも高価なのに、牟田のために用意してくれたのだ。自分が味わいたいだけかもしれないけれど。

イルソーレは今でも連日賑《にぎ》わっている。辞めるのは心苦しいが、祁答院は快《こころよ》く送り出してくれ、さらに送別会まで開いてくれた。

大切な人たちに囲まれ、牟田は幸せを実感する。でも満ち足りた時間を過ごすたびに、心に小さな不安が芽生《めば》える。

犯罪や冤罪にはいつ巻き込まれるかわからない。それは本人の注意と関係なく突然襲ってくる。だが不慮《ふりょ》の事故や病魔と違い、事件に関わる人たちの手で食い止めることもできるのだ。

理不尽に苦しむ人が少しでも減ればいい。フォークを持つ手を伸ばし、ホタルイカのフリットを口に運ぶ。軽《かろ》やかな衣《ころも》の先にイカのサクッとした歯《は》ごたえを感じる。身の甘さと肝《きも》のほろ苦さを楽しみながら、牟田は未来が少しでも明るくなるように願った。

■参考文献

『司法官僚　裁判所の権力者たち』新藤宗幸著　岩波書店（岩波新書）二〇〇九年八月
『錯覚学―知覚の謎を解く』一川 誠著　集英社（集英社新書）二〇一二年一〇月
『人が人を裁くということ』小坂井敏晶著　岩波書店（岩波新書）二〇一一年二月
『裁判官はなぜ誤るのか』秋山賢三著　岩波書店（岩波新書）二〇〇二年一〇月
『虚偽自白を読み解く』浜田寿美男著　岩波書店（岩波新書）二〇一八年八月
『自白の心理学』浜田寿美男著　岩波書店（岩波新書）二〇〇一年三月
『虚偽自白はこうしてつくられる―狭山事件・取調べ録音テープの心理学的分析』浜田 寿美男著　現代人文社　二〇一四年一二月
『裁判所の正体：法服を着た役人たち』瀬木 比呂志・清水 潔著　新潮社　二〇一七年五月
『冤罪はこうして作られる』小田中聰樹著　講談社（講談社現代新書）一九九三年四月
『男が痴漢になる理由』斉藤章佳著　イースト・プレス　二〇一七年八月
『袴田事件を裁いた男 無罪を確信しながら死刑判決文を書いた元判事の転落と再生の四十六年』尾形誠規著　朝日新聞出版（朝日文庫）二〇一四年六月
『訊問の罠――足利事件の真実』菅家利和・佐藤博史著　角川書店（角川ｏｎｅテーマ21）二〇〇九年九月

『狂った裁判官』井上薫著　幻冬舎（幻冬舎新書）二〇〇七年三月
『司法修習生が見た裁判のウラ側―修習生もびっくり！　司法の現場から』司法の現実に驚いた53期修習生の会・編　現代人文社　二〇〇一年一一月
『誰が司法を裁くのか』リーダーズノート編集部・編　リーダーズノート（リーダーズノート新書）二〇一〇年一二月
『冤罪と裁判』今村　核著　講談社（講談社現代新書）二〇一二年五月
『記憶はウソをつく』榎本博明著　祥伝社（祥伝社新書）二〇〇九年一〇月
『雪ぐ人　えん罪弁護士　今村　核』佐々木健一著　ＮＨＫ出版　二〇一八年六月

注　本書はフィクションであり、登場する人物、および団体名は、実在するものといっさい関係ありません。この作品は月刊『小説NON』（祥伝社発行）二〇一九年七、八月号に第一話を掲載し、第二話以降は書下ろして、二〇一九年八月、小社から単行本で刊行されたものです。

――編集部

一〇〇字書評

無実の君が裁かれる理由

切・り・取・り・線

購買動機（新聞、雑誌名を記入するか、あるいは○をつけてください）

□（　　　　　　　　　　　　　　　　）の広告を見て
□（　　　　　　　　　　　　　　　　）の書評を見て
□ 知人のすすめで　　　　　　　　□ タイトルに惹かれて
□ カバーが良かったから　　　　　□ 内容が面白そうだから
□ 好きな作家だから　　　　　　　□ 好きな分野の本だから

・最近、最も感銘を受けた作品名をお書き下さい

・あなたのお好きな作家名をお書き下さい

・その他、ご要望がありましたらお書き下さい

住所	〒				
氏名		職業		年齢	
Eメール	※携帯には配信できません		新刊情報等のメール配信を 希望する・しない		

この本の感想を、編集部までお寄せいただけたらありがたく存じます。今後の企画の参考にさせていただきます。Eメールでも結構です。

いただいた「一〇〇字書評」は、新聞・雑誌等に紹介させていただくことがあります。その場合はお礼として特製図書カードを差し上げます。

前ページの原稿用紙に書評をお書きの上、切り取り、左記までお送り下さい。宛先の住所は不要です。

なお、ご記入いただいたお名前、ご住所等は、書評紹介の事前了解、謝礼のお届けのためだけに利用し、そのほかの目的のために利用することはありません。

〒一〇一‐八七〇一
祥伝社文庫編集長　清水寿明
電話　〇三（三二六五）二〇八〇

祥伝社ホームページの「ブックレビュー」からも、書き込めます。
www.shodensha.co.jp/bookreview

祥伝社文庫

無実《むじつ》の君《きみ》が裁《さば》かれる理由《りゆう》

令和 5 年 2 月 20 日　初版第 1 刷発行

著　者　友井《ともい》　羊《ひつじ》
発行者　辻　浩明
発行所　祥伝社《しょうでんしゃ》
東京都千代田区神田神保町 3-3
〒101-8701
電話　03（3265）2081（販売部）
電話　03（3265）2080（編集部）
電話　03（3265）3622（業務部）
www.shodensha.co.jp

印刷所　堀内印刷
製本所　ナショナル製本
カバーフォーマットデザイン　芥 陽子

Printed in Japan ©2023, Hitsuji Tomoi　ISBN978-4-396-34869-4 C0193